君《きみ》は僕《ぼく》の後悔《リグレット》2
A story of love and dialogue between a boy and a girl with regrets.
[Author
しめさば
[Illustration
しぐれうい
presented
Shimesaba × Ui shigu

『藍衣のいる日常。薫のいる部室』
「まだ三分経ってないんじゃない？」

「これくらいが美味しいんだよ。
食べてるうちにのびてくし」
薫がそう答えるのを聞いて、
藍衣はまじまじとカップ麺を見つめた。
そして、無邪気に言う。
「ねえ、一口ちょうだい？」

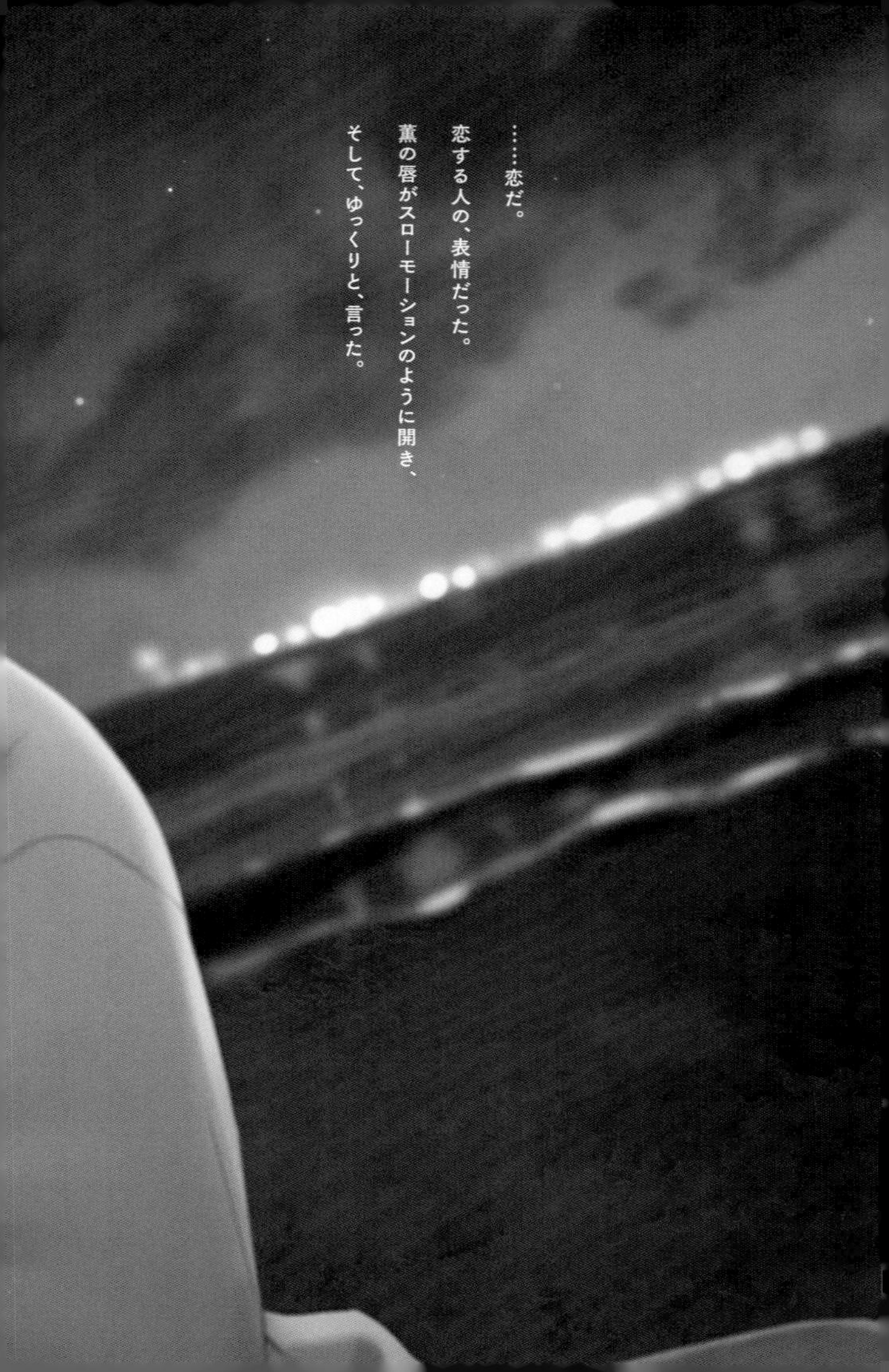

……恋だ。
恋する人の、表情だった。
薫の唇がスローモーションのように開き、
そして、ゆっくりと、言った。

「大好きだから、
さよならしよう?」

少しずつ、自分たちの住む町へと近づいている。
きっと、僕はこれからも、いろいろなところへ行く。
でも、いつかは、元いた場所に帰るのだ。
僕と薫は、元いた場所に帰れるだろうか。
そんなことを考えていると、
僕の肩に、ぐい、と隣に座る薫の肩が押し当てられた。

……窓に映る薫と目が合う。
薫は薄く微笑んでから、スッ、と視線を逸らした。
でも、肩だけは、僕にくっついたままだった。
……きっと、元いた場所には、戻れない。そう思った。
僕たちの関係は、明確に、変わってしまった。
目を伏せて、深く息を吐く。
それでもいい、と、思った。

CONTENTS

プロローグ　013
1章　017
2章　039
3章　051
4章　065
5章　091
幕間　113
6章　127
7章　145
8章　173
9章　189
10章　219
11章　251
12章　263
エピローグ　283

A story of love and
dialogue between
a boy and a girl with
regrets.

YOU ARE MY REGRET

ダッシュエックス文庫

君は僕の後悔《リグレット》2
しめさば

CHARACTERS

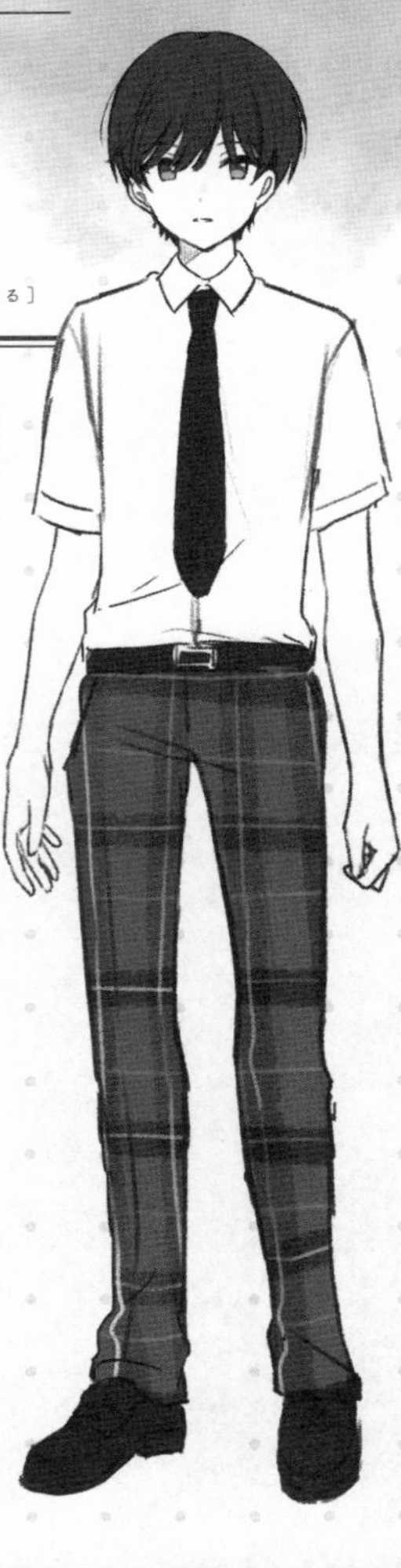

浅田 結弦

［あさだ・ゆづる］

高校一年生。
読書部部員で、読書好き。
水野藍衣のことが、好き。

水野 藍衣

［みずの・あい］

高校一年生。
天真爛漫で、好奇心旺盛。
浅田結弦のことが、好き。

安藤　壮亮

［あんどう・そうすけ］

高校一年生。
サッカー部所属の陽キャ。
顔が良く、
交友関係も広い。

小田島　薫

［おだじま・かおる］

高校一年生。
カップ麺をよく食べている。
ぶっきらぼうだが
根は優しい。

CHARACTERS

名越 李咲

〔なごし・りさ〕

高校二年生。
サボリ魔でよく屋上にいる。
サッカー部の元マネージャー。

PROLOGUE

プロローグ

YOU ARE MY REGRET...

A story of love and dialogue between a boy and a girl with regrets.

後悔があるとすれば、それは、君のことだ。

母はよく「二番ではダメなのよ」と言った。

口癖《くちぐせ》のように繰り返されるその言葉に、うんざりした。

「あなたは一番になりなさい。そうでなければ、生きていけないのよ」

そんなことを言われても、ただただ、鬱陶《うっとう》しくて、私は耳を塞《ふさ》いで、そんな言葉が通り過ぎるのを待ったものだった。

一番になんて、なる必要ない。なろうと思っても、なれるものじゃない。分かっていた。

自分には、自分だけの宇宙がある。

そう信じていたかった。

何者にも侵《おか》されない自由な宇宙を持って、私はその中で憂《うれ》いなく生きてゆく。

誰とも深く交わることがなければ、裏切られることも、失望することもない。

それで良かったはずなのに。

宇宙を漂う私は、声も発さず、誰からの通信も受け取らず……そうして、甘やかな孤独の中で生きていた。

だというのに、私が発してもいない、心の中に閉じ込めたＳＯＳを、君は勝手に受信した。

「僕たち……同じ部活の、仲間でしょ？」

そんな、甘い、魅惑の言葉に、私は惑《まど》わされてしまったんだ。

知りたくなかった。

自分の知らない宇宙があることを。

知りたくなかった。

他の宇宙と交われば、そこには言葉にならない〝順位付け〟が待っていることを。

君は、私という宇宙にやすやすと触れたくせに。

気が付けば、また、違う宇宙に旅立とうとしている。

「一番になりなさい」

知りたくなかった。

一番になりたい、と、思ってしまう、愚かな気持ちを。

後悔があるとすれば、それは、君のことだ。

そして……差し出されたその手を取ってしまった、私のことだ。

EP.01

1章

YOU ARE MY REGRET...

A story of love and
dialogue between
a boy and a girl with
regrets.

放課後の喧騒《けんそう》、じめじめとした部室。

少しだけ開けていた窓を閉めると、エアコンの冷気を強く感じられた。代わりに、夏の匂《にお》いは急激に薄まっていく。

僕はなんとなく、もう一度窓を大きく開ける。

ぶわりと吹き込んでくる風には、夏らしい空気の湿り気と土と、太陽の香りが混ざっていた。

僕はその匂いを胸いっぱいに吸い込んでから、窓を閉める。

匂いというのはどうしてすぐに消えてしまうのだろう、と思う。

名残《なごり》惜しさを感じながらも、窓を開けたままだと汗をかいて仕方がなく、読書にも集中できないので、僕は諦《あきら》めて窓の鍵を閉め……定位置であるパイプ椅子へとおさまった。

ページをめくる音と、古びたエアコンが懸命に冷気を吐き出す音だけが部室に響いている。

物語に身を委《ゆだ》ねている間は、僕の、特別な時間だ。

無言で読書を続け、一章分を読み切ったところで、僕の意識は部室の中に戻ってくる。ちらりと壁時計を見ると、もう最終下校時刻の一時間前だった。

もうすっかり夏で、日は長い。下校時刻が迫っても、窓の外に視線をやると、まだまだ明るかった。

……今日はもう、来ないのかな。

そんなことを思った瞬間、タイミングを計ったかのように部室のドアがガラリと開いた。

目を輝かせてドアの方を見ると、そこには僕の思い描いていたのとは別の生徒が立っていた。

「なぁにその顔」

いたずらっぽい視線が僕に向けられる。

僕は内心の落胆を悟られないよう努めて平静を装いながら、ゆるくかぶりを振った。

「いや……普通の顔じゃない。それより、どうしたの？」

「帰る前に結弦《ゆづる》の顔見ておこうと思って」

部室にてくてくと入ってきたのは、藍衣《あい》だった。

水野《みずの》藍衣。

僕の初恋の相手であり、失恋の相手でもある。

いや、失恋、という言葉が適切なのかどうかはなんともいえないが……とにかく、僕と彼女の『コミュニケーション不足』から、二人の恋は一度終わってしまった。

しかし、今ではこうしてまた、同じ高校に通い、当たり前のように会話をする仲に戻ることができた。

奇跡のような縁をたどって、再会した女の子だ。

「また学校探索?」

僕はそう訊《き》いた。

藍衣は放課後の学校が好きだと知っている。いろいろなことに興味がありすぎるから、部活にも入らず、授業が終わるとこんな時間まで校舎内をうろついたりしているのだ。

僕からすれば、そんなに毎日毎日学校を探索して新鮮な楽しさが得られるのかどうかは謎だったけれど、彼女には彼女なりの物事の楽しみ方があると、知っている。

「うん、夕方の学校楽しいから」

「そっか」

当たり前のように首を縦《たて》に振る藍衣に、僕も笑って返した。

藍衣はゆっくりと僕のわきを抜けてゆき、いつもなら別の人物が座っているソファにぽすりと腰掛けた。

「今日は薫《かおる》ちゃんいないんだ」

藍衣がそう言うのを聞いて、僕は神妙に首を縦に振る。

そう。今日はまだ読書部部員の『小田島《おだじま》薫』が来ていないのだ。

普段は藍衣が座っているそのソファに腰掛けて、カップラーメンを啜《すす》ったり、スマートフォンでパズルゲームをやったりしているというのに。

「で、来るのを待ってたんだ？」

藍衣はうっすらと細められた目で僕を見た。

実際その通りだったわけだけれど、こうもはっきり言い当てられると気恥ずかしかった。僕は回答を誤魔化すように訊き返す。

「なんでそう思うの」

「私の顔見てがっかりしてたから」

「がっかりなんてしてないよ」

「でも『なぁんだ』って顔した」

藍衣はそう言って、露骨に膨《ふく》れた顔を作ってみせる。

「ご、ごめん……」

気を悪くさせたと思い謝ると、藍衣はいたずらっぽく笑った。

「なーんて、冗談。待ってた人が来なかったら寂《さび》しいもんね？」

なんとも、返事ができなかった。

ここ数日、薫は部室に姿を見せていなかった。

別に、薫が部室に来ないこと自体は、おかしなことではないと思う。少なくとも、以前であれば。

そもそも読書部というもの自体が、幽霊部員のふきだまりのような部活で、まともに活動している部員は僕以外にはいない状態だった。

そんな中、『ときどき部室に顔を出す』のが小田島薫という、同じクラスの女の子だったのだ。

しかし、藍衣が転校してきて、僕の人間関係が変化したのを機に、薫も何やら心境の変化があったようで、僕に向かって「これからは毎日部活に来ようかな」と宣言したのだ。

そして、先週までは、その宣言の通り、本当に毎日部室に顔を見せていた。

そんな矢先に、薫は今日を合わせると三日連続で、僕に何も言わずに部活を休んだのだ。

教室ではいつも通りな様子の薫だったけれど、僕は心配だった。

今日だって、「部活来るの？」と訊くと、「行くと思うよ」とだけ答えて、来ていない。

「喧嘩でもしちゃったの？」

藍衣に訊かれ、僕はかぶりを振る。

僕を横目に、藍衣は一人、呟《つぶや》いた。

「まあ、喧嘩はいつものことかぁ……」

藍衣がそう呟くのに、僕は肯定も否定もしない。

彼女の言う通り、薫としようもないことで言い合いになるのはよくあることだし、お互い、翌日になればいつも通りだった。それくらいに、僕と薫はお互いに『考え方が違うことを認め合って』いた。

だからこそ、気になるのだった。

彼女が部室に来れない理由があるのだとしたら、それはなんなのか。

初めて幽霊部員でない仲間ができたと思ったのに、理由も分からずまた幽霊部員に戻られてしまっては悲しかった。

「今度会ったら、ちょっと訊いてみるね」

藍衣がそう言うのに、僕は「うん、よろしく」と小さな声で返す。

先ほど僕が閉めたばかりの窓を、藍衣がそうとは知らずガラリと開ける。やわらかな風が藍衣の頬を撫でた。彼女の髪が、ゆるやかに揺れる。

「すっかり夏だねぇ」

藍衣がそう呟くのを、僕は何も言わずに聞いていた。

「ここはいいね。静かだけど、季節の匂いはちゃんと漂ってきて」

藍衣は穏やかな表情で窓の外を眺めている。

運動部員たちの声。風が吹き、木の葉の擦《す》れる音。絶えず響く蟬《せみ》の鳴き声。

夏のリズムが聞こえていた。

でも、そこに、薫の気配を感じないことに、言い知れぬ不安が……。

センチな気持ちになりかけたところに、再び、ガラリ、と部室の扉の開く音がした。

驚いて振り向くと、そこには不機嫌そうに眉を顰《ひそ》める薫が立っていた。

「薫……！」

思わず呼ぶと、薫は僕を一瞥《いちべつ》してから、窓際《まどぎわ》の藍衣に言った。

「藍衣、窓閉めてよ。涼しい部屋を求めて来たのに」

「え？　でも風も気持ちいいよ？」

「いいから。エアコンついてるとは思えない室温してるんだけど」

ぶつくさと言いながら薫が部室に入ってきた。

「えー、閉めちゃうの？」

「文句あるなら出ていきな。あんた部員じゃないんだし」

「もー……そう言われちゃうとさぁ」

薫の殺し文句に、藍衣はむくれながらも素直にソファの端に移動した。窓を閉める権利を薫に譲り渡した形だった。

迷うことない動きで薫はソファから身を乗り出して、窓をぴしゃりと閉めた。

そして胸元をぱたぱたと手で扇《あお》ぎながら、頼りない作動音を鳴らしているエアコンを見上げた。

「暑すぎ。ほんとに冷気出てんのかな」

「こんなに暑いとエアコンもへばっちゃうのかもしれないよ」

「エアコンが暑さでへばってたら意味ないでしょ」

藍衣の本気なのか軽口なのか分からない言葉を受け流しながら、薫はソファの背もたれに深々と身体を預けた。

その姿を見て、僕は言い知れない安心感を覚えたのだった。

「……なに？」

ふと、薫の視線が持ち上がり、僕の視線と絡《から》んだ。

睨《にら》むように目を細められて、僕は慌《あわ》てて顔を逸《そ》らす。

「いや、別に」

僕がそう言うと、藍衣がすっ、と鼻から息を吐く音が聞こえた。

そして、藍衣の視線が僕の方に向き、まるで「しょうがないな」と言わんばかりの、保護者のようなまなざしに変わった。

「薫ちゃんが来なくて寂しかったんだってさ」

「いや、別に、僕はそんなことは」

「言ってないけどそういう顔してたもん」

藍衣の声色はどこまでも優しかったけれど、それとは裏腹に、僕を逃がす気はまったくない様子であった。

寂しかった、というシンプルな言葉で表されるとなんとも照れ臭《くさ》くなってしまうものの、僕の気持ちを簡潔にまとめると、つまり、そうとしか言えなかったような気もする。

薫は藍衣と僕を交互に見てから、スンと鼻を鳴らす。

「大げさだな。二日休んだだけじゃん」

薫は悪びれた様子もなかった。

彼女のそんな物言いには慣れっこで、いつもならこんな言葉一つを取って腹を立てるようなことはなかったはずなのに……なんだか、今日は少し苛立《いらだ》ちを感じてしまった。

「毎日来るって言ったのに」

軽く言い返そうと思って口を開いただけだったのに、自分で思った以上に険のある声が出てしまい、僕自身が戸惑《とまど》った。

その戸惑いが伝播《でんぱ》するように、藍衣は驚いたように口を軽く開け、薫は少し気まずそうに前髪の先をいじった。

「いや、まあ……あたしにもいろいろあるんだよ」

髪をいじりながら、もごもごと口を動かす。

僕は、その様子を見て、また、胸の内にある『不安』が大きく膨らむのを感じた。

彼女に『いろいろ』あることは、僕だって、知っているのだ。

そうでなければ、二日部活を休んだくらいで、心配したりはしない。

「ねえ、薫」

呼びかけると、薫は目だけを動かして、僕を見た。

僕も、薫の目を見つめる。一瞬、薫の瞳が揺れた。

「何か、困ってる？」

僕は、それだけを訊いた。

藍衣は薫の『学校の外でのこと』を、きっと知らない。そして、それはかなりデリケートな話で、藍衣のいる前で薫の学校外でのことを訊こうとすれば、こうしてシンプルな問いにするしかないのだ。

藍衣は今の今まで僕のことを見つめていたが、何かを察したように、スッと窓の外に視線を移した。こういうところは、本当に大人びているな、と、感じる。

薫は数秒僕の顔をなんとも言えない表情で見つめた後に、すっ、と鼻から息を吐いた。

そして、ゆっくりとかぶりを振った。

「ないよ、なんにも」

僕の目を見つめて、普段通りの調子で、そう言う薫。

僕もじっ、と彼女の目を見たけれど、その奥の感情を読み取ることはできなかった。

ゆっくりと息を吐く。

「……そう。それならいいんだけど」

「単純に、用事があっただけ。連絡しなかったのは悪かったけどさ」

「そうだよ。一言言ってくれればこんなに心配しなくて済んだのに」

「ユヅはあたしの保護者？　もともと幽霊部員だったヤツが数日部活来ないくらいでそんなに心配しないでしょ普通」

鼻を鳴らす薫に、僕は肩をすくめて返す。

「もう幽霊部員じゃないんでしょ？」

僕の問いに、薫は何故《なぜ》か言葉を詰まらせて、気まずそうに目を逸らした。

「ま、まあ……うん……」

「……？」

どうしてそこでこんな顔をするんだろう。薫の横顔を見つめながらそんなことを考えていると、藍衣の視線がこちらに向いたのが分かった。

「結弦は本当に、薫ちゃんが部室にいてくれるのが嬉しいんだねぇ」

藍衣が口ずさむようにそんなことを言うので、隣の薫はバッと藍衣の方に顔を向けて、その膝《ひざ》をぺしんと手で叩いた。

「んなわけないでしょ！　ユヅ、あたしがいようがいまいがずっと本読んでるんだから」

薫がすごい剣幕でそう言うのに、藍衣はうん、うん、と穏やかに相槌《あいづち》を打った。そして、薫の言葉が切れると、小首を傾《かし》げながら言った。

「でも、二人で別々のことしてるのに、どっちも落ち着いていられるのって、とっても仲が良い証拠なんじゃない？」

「いや…………えっと……」

薫は口をぱくぱくと開けたり閉じたりして、言葉に詰まってしまう。

藍衣だけはニコニコと笑っているが、なんとも言えない小恥ずかしい空気が部室の中に漂っているのを感じた。

こほん、と咳《せき》ばらいをする。

藍衣との『すれ違い』を経《へ》て、学んだことがある。

それは、思っていることははっきり言っておいた方が良い、ということだ。こんな風に言うとすごく簡単なことのように思えるけれど、これがどうして、難しい。

現に今だって、素直に言葉にしようとすると、なんだか恥ずかしかった。

「薫が部室にいると、落ち着くよ」

僕が言うと、薫は目を丸くしながら僕を見た。

藍衣は依然《いぜん》として、ニコニコしている。きょろきょろと興味津々な瞳で、僕と薫を交互に見る。

「最近は……一人でいる時よりも、落ち着く」

素直な気持ちだった。

薫がそのソファに深々と腰掛けて、ラーメンを食べたり、スマホゲームをしている姿はもはや僕の日常の中に溶け込んで、『そこにあるのが当たり前の風景』になっていた。

薫が部室に来るようになる前は、僕の放課後は『一人で本を読む時間』だったというのに、今では、もうそれだけでは物足りなさを感じてしまう。

薫は数度まばたきをしたのちに、チッ、と大きな音で舌打ちをした。

「真面目《まじめ》な顔で恥ずかしいこと言わないでくんない」

その言葉は、明らかに照れ隠しのそれだったけれど、確かに恥ずかしいことを言ったのは間違いないので、僕も鼻から息を漏《も》らして、それ以上何も言わなかった。

僕と薫のやり取りをくりくりとした瞳で見ていた藍衣が、そわそわしながら立ち上がって、僕の方へすす、と寄った。

そして、控えめな声量で、言った。

「わ、私といるときは、どんな感じ……ですか？」

問われて、僕は言葉を失う。

あんな風にそそくさと寄ってきて、こんな可愛らしい質問をするところも。

近づくとなんだか爽《さわ》やかで甘い匂いがするところも。

丸い、輝く瞳で見つめてくるところも、すべて。

「…………いや、その……」

ドキドキしている、とは、口に出せなかった。

僕が言い淀《よど》んでいると、藍衣の好奇の瞳は容赦なく僕に注がれて、ソファの方からは呆《あき》れたようなため息の音が聞こえた。

「ケトルに水入れてくる」

薫がそう言うのを聞いて、僕の意識は言葉選びの難題から解放された。

「あ、それはもう、入ってる」

僕が言うと、ソファから立ち上がりかけた薫が驚いたように僕を見て、それから、部室の端に隠すように置かれている電気ケトルの方を見た。

そこには、すでに五百ミリリットルの目盛りのあたりまで水が入っていた。それは、僕が注いだものだった。

薫の視線が、再び、僕の方へ向く。説明を求められていた。

「いや……薫が来たら、お湯使うかな……って、思って……」

僕がそう言うと、薫はグッ、と口をへの字に結んで、見たこともないような表情をした。怒っているのか、喜んでいるのか分からないような、そんな顔。

「あ、嬉しそう」

藍衣が無邪気に言うと、薫はキッと藍衣を睨みつけて「うるさい」と言った。

そして、いそいそとケトルに近づいて、ぽち、と湯沸かしのボタンを押した。

「……ありがと」

「どういたしまして」

こちらを見ずにお礼を言う薫に、なぜか僕がぺこりと会釈《えしゃく》をした。

「……なーんか、妬《や》けるなぁ」

藍衣が、ぽつりと言った。細められた目が、僕を見ている。

う、と僕が言葉に詰まるのを見て、藍衣はくしゃりと笑う。

「私が来るより前から、二人はここで時間を積み重ねてきたんだねぇ」

藍衣がぽすん、ともう一度ソファに座り直すと、薫もその隣にちょこんと座った。

「そんな大げさな話じゃないよ」

薫が答えるも、藍衣はふるふると首を横に振った。

「同じ場所を共有するっていうのは、そういうことなんだよ。お互いがそう思ってなかったとしても、同じ場所を、時間を育《はぐく》んでいくんだよ。そして、心の中に、大事なものが生まれていくんだよ、きっと」

藍衣が淀みなくそんなことを言うのを横目に見て、薫は少しだけ口角を上げた。

「藍衣って、なんか……あたしたちよりもずっと深いとこを見てる感じがする」

「え？　そんなことないよ！」

「あるって。あたしみたいなガキと一緒にいて楽しいの？」

薫がそう言うと、藍衣の表情がぴたりと硬直する。薫は失言だったと思ったのか、「あ、いや」と口を開くけれど、薫が何かを言う前に、藍衣は再びにこりと笑って、薫の腕を肘《ひじ》で小突いた。

「当たり前じゃん！　そうじゃなきゃ、わざわざ話しに来ないよ！」

「や、でも、藍衣は結弦と話したくて……」

「ううん、違う」

藍衣は薫の言葉を遮《さえぎ》って、彼女の目を見つめるようにした。

「二人と、話したくてここに来るんだよ」

はっきりと言われて、薫は「う……」と小さく声を漏らした。

そして、目を伏せる。

「ごめん、なんかすごい無神経なこと言った」

「ううん、大丈夫。薫ちゃんは優しいね」

藍衣が薫の肩をさすると、薫は薄く微笑んで藍衣の方を見る。

二人は穏やかに視線で会話していた。

僕はこれ以上話すことはないと思い、机の上に置いていた文庫本を手に取って、おもむろに開いた。

ちょうど、カチッ、と、お湯が沸いたことを知らせる音が鳴る。

薫はがさがさとビニール袋からカップ麵を取り出し、ケトルを台座からはずしに向かう。

「暑い暑い言いながら、ラーメン食べるんだ？」

藍衣が訊く。僕は噴き出しそうになるのをこらえた。

藍衣でも、僕と同じような疑問を浮かべることが分かって、なんだか面白かった。

「暑くてもお腹《なか》は空《す》くでしょ」

「にしたって、何もラーメン食べなくても」

「ここではラーメン食べるのがあたしの『いつも通り』なの」

「ふうん」

視界の端に、お湯を注ぐ薫をまじまじと見つめている藍衣が映っていた。

なんでも興味深そうに視線を送る藍衣は、本当に子どものようだった。けれど、その胸の中にはとうてい高校生とは思えないような強固な哲学があって……。

知れば知るほど、不思議な女の子だ。

そして、その隣でカップ麺の蓋《ふた》を閉じる薫も、負けず劣らず不思議な子だと思う。

他人を寄せ付けない威圧感を常にまとっているのに、いざ近づけばなんとも言い難《がた》い人懐《ひとなつ》っこさがある。

僕よりもずっと他人の心を推《お》し量《はか》る優しい洞察力を持っているのに、それと相反するように、他人を拒絶しているように見えた。

そんな彼女が自分の居場所として選んでくれたこの部室を、僕は、なんとなく誇りに思っている。

藍衣のいる日常。そして、薫のいる部室。

どれも、僕がここ最近で手に入れた、得難い宝物だ。

数分後、薫はカップ麵の蓋を開け、箸《はし》でカップの中身をかき混ぜた。

「まだ三分経《た》ってないんじゃない？」

藍衣が小鳥のように首を傾げるのと同時に、薫は鼻を鳴らす。

「これくらいが美味《おい》しいんだよ。食べてるうちにのびてくし」

薫がそう答えるのを聞いて、藍衣はまじまじとカップ麵を見つめた。

そして、無邪気に言う。

「ねえ、一口ちょうだい？」

「校則違反ですけど」

「見逃してあげてるんですけど？」

薫の皮肉に藍衣はなんてこともないように返す。

薫は驚いたように顔を上げて、藍衣を見た。

「藍衣もそういう方便使えるんだ」

「なぁにそれ、イヤな言い方！」

「ふふ、冗談だって」

薫がくすりと笑い、藍衣に箸ごとカップを渡した。藍衣の表情が明るくなる。

「ありがと！」

藍衣は薫からカップを受け取り、箸で少量の麺をつまんだ。ふうふうと息を吹き、麺を冷まし、ずず、と啜る。

そして、もくもくと咀嚼《そしゃく》して、薫の方を見た。

「うーん……」

「なに？」

「やっぱりこれちょっと硬いよ」

「硬い方が美味しいじゃん」

「そうかなぁ」

「文句言うなら返して」

「あー！　もう一口もらおうと思ったのに」

「一口って言ったでしょ」

やいのやいのと騒ぐ二人。

文庫本に目を落として、集中すると、二人の声は小鳥のさえずりのように、ＢＧＭと化していく。

二人が仲良さげに話しているだけで、心が安らぐような感覚があった。

些細《ささい》な幸福の詰まったこの空間で、読書をする。かけがえのない、時間だった。

あまりにも心地よくて、僕は目を向けていなかった。
この空間が失われていく可能性のことに。
『小田島薫』が心の奥に隠した、怒りと、悲しみと、孤独に。
そして……彼女が抱《かか》えた、後悔に。

EP.02

［2章］

YOU ARE

A story of love and
dialogue between
a boy and a girl with
regrets.

MY REGRET...

午前の授業が終わり、昼休みに入ると、独特な弛緩《しかん》した空気が教室に漂う。

ようやく今日の折り返しだ……というような安堵《あんど》のため息。

やっと昼ご飯を食べられる……というような喜びの声。

その空気にあてられて、授業で無意識に緊張していた心身が、緩《ゆる》まっていくのだ。

後ろの席の薫《かおる》が、おもむろに椅子を引く。

その音を聞いて、即座に身体が動いた。

「購買？」

振り向いて僕が訊《き》くと、薫は一瞬視線を泳がせたのちに、頷《うなず》く。

「そう。ユヅは弁当でしょ」

「うん。でも……」

僕は言い淀《よど》んでから、意を決して再び口を開く。

「今日は一緒にご飯食べない？」

僕がそう言うと、薫は口を薄く開いて、すうと息を吸い込んだ。

なんともいえぬ表情。

最近、薫は昼休みになるといつもどこかへ行ってしまう。その上、部活にも来なくなっていたので心配だったのだ。

昨日は部活に顔は出してくれたが……それでも、完全に心配がなくなったわけではないと思った。

昨日、僕が「何か困ってないか」と尋《たず》ねた時、彼女は努めて無表情を取り繕《つくろ》っているように見えたのだ。

しばらく薫の顔を見つめていると、彼女はゆっくりとかぶりを振った。

「いや、今日はいいや」

「何か用事？」

「そうじゃないけど、一人で食べたい気分」

「…………そっか」

一人で食べたい気分、と言われてしまったら、それ以上返す言葉がなかった。

僕は諦《あきら》めて、弁当の包みを開け始める。

すると、僕の背中に、薫から声がかかった。

「ユヅ。今日は……部活、行かない」

「……え？」

驚いて振り向くと、薫は何かをごまかすような笑みを浮かべていた。

そして、財布を持って、教室を出ていく。

その背中を、じっと見つめる。

いつもふらっと部室にやってくる薫。特に行くとも行かないとも言わずに、気が向いた時だけやってくるのが彼女だった。

そんな彼女が「毎日行く」と言い出して、今度はぱたりと来なくなり……そして、今日ははっきり「行かない」と告げてきた。

初めてのことの連続で、頭が混乱する。

昨日の僕の問いで、彼女はきっと「余計な心配をかけている」と思ったのではないだろうか。それで、心配をかけまいとあらかじめ部活には来ないことを伝えてくれたのかもしれないと思った。

でも……。

もやもやとした気持ちが胸の中に広がっていくのを感じた。

ここ数日、なんとなく、薫から避けられているような気がするのだ。

昨日の部室での様子を見る限り、僕が何かをしてしまって嫌われているとは思えなかった。

単なる『肌感』での推測なのでそれすらも間違いである可能性はあるけれど……でも、直感を信じるなら、きっと、嫌われてはいない。

それなのに僕を遠ざける理由があるとしたら、それは……。

「なんだよ、夫婦喧嘩？」

考え事の途中で、今度は席の前から声をかけられて、僕は慌《あわ》てて廊下の方へ捻《ひね》っていた身体を戻す。

目の前に、いちご牛乳のパックのストローを口に咥《くわ》えた壮亮《そうすけ》がいた。

気の抜けた表情で僕を見る壮亮を見て、僕も妙に力が抜けてしまった。

「夫婦じゃないよ」

僕が答えると、壮亮はストローから口を離して、苦笑を漏《も》らす。

「まずそこかよ……喧嘩したんか？　って訊いてんの」

「してないよ」

「ふうん。お前が小田島《おだじま》のことあんなに気にしてるの珍しいから、なんかあったのかと思って」

壮亮の言葉に、僕は思わず眉根を寄せた。

「そんな風に思ってたのか」

「いつも、小田島がお前のこと気にしてる側《がわ》だったろ」

当たり前のようにそんなことを言う壮亮。

確かに薫は僕のことをよく見てくれてはいると思うけれど、そんなにいつも僕のことを気にしていたわけではないはずだ。

「そんなことないでしょ」

「ははぁ……」

僕の返事に、壮亮は何か言いたげな顔で、にまにまと笑う。

なんだか腹立たしい反応だなと思っていると、壮亮は空いている僕の前の席に座った。

「最近小田島、昼休みはいつも屋上に行ってるっぽいぞ」

なんでそんなことを知ってるんだろう、と一瞬思ったけれど。

僕よりもずっとクラス外の友達が多い壮亮のことだ。広い情報網があるのだろう。

「ふーん。屋上で一人で昼ご飯か。なんか悩み事でもあるのかな」

僕が言うと、壮亮は微妙な表情をする。

「屋上……一人とは思えねぇけどな」

「え？」

壮亮は声のトーンを一つ落として、耳打ちするように言った。

「知らねぇの？　『屋上の住人』だよ」

「なにそれ」

僕が小首を傾《かし》げると、壮亮は露骨にため息をついてみせた。

「お前ほんとそういうのに疎《うと》いな。李咲《りさ》先輩だよ。昼休みも、放課後も、場合によっちゃ授業中も屋上にいんの。有名だぞ」

名越、という名前に、僕も覚えがあった。

「リサ先輩って……名越《なごし》李咲先輩？」

思い当たった名前を口に出すと、壮亮は苦い顔をして頷く。

「そう。元サッカー部マネの」

「今は読書部だ」

「は!?　そうなん!?」

壮亮が大きな声を上げる。

何をそんなに驚いているのかと、困惑《こんわく》しながら頷く。

「まあ、名前だけだけど」

「幽霊？」

「幽霊も幽霊。一度も部室来たことないよ」

「へぇ……」

壮亮の視線がどこか遠くを見るような目に変わる。

黙りこくってしまう壮亮の向かいで、僕も数カ月前の記憶を呼び起こす。

名越先輩のことは知っている。

「名越、読書部に入部することになったから」

と僕のクラスの担任で、読書部顧問でもある小笠原平和《おがさわらひらかず》から告げられ、一度だけ挨拶《あいさつ》をしたことがある。

目の覚めるような金髪。そして、耳には驚くほどたくさんのピアスが通っている。線が細く、表情は穏やかだけれど、何を考えているのかまったく分からない人だった。

「部長さん？　一年で部長なんてえらいなぁ。まーよろしく。部室には多分来ないけど」

「あ、よろしくお願いします……」

そんなやりとりだけが、僕と名越先輩の最初で最後の会話だった。

名越先輩については、あまり良い噂《うわさ》を聞かない。

煙草《タバコ》を吸っている、とか。薬をキメている、とか。

悪い男の友人がたくさんいる、とか。

本人が否定しないのを良いことに、噂は好き放題広まっていた。

そのどれもを、僕は信じていなかったけれど、ただ、それらを真っ向から否定するほどの材料も持っていなかった。

読書部の部員といっても、本当に、部外者と言ってしまったほうがシンプルな関係性だ。

「その……名越先輩は、屋上でいつも何してんの？」

僕が訊くと、壮亮は意識が戻ってきたように一瞬きょとんとした。

それから、首を傾《かし》げる。

「さぁなあ……タバコ吸ってるとか言われてるけど、あの人からタバコの匂《にお》いしたことないよ」

「匂い」

オウム返しすると、壮亮は一瞬気まずそうな顔をした。

「す、すれ違った時とかの話だよ」

「……壮亮、名越先輩となんかあるの？」

「なんかってなんだよ」

「なんかはなんかだよ。よく喋《しゃべ》るとか？」

壮亮は不自然に視線をさまよわせたのちに、バツが悪そうにかぶりを振る。

「サッカー部のマネージャーだったときは当然、よく話してたよ。いい先輩だった。でも、やめてからのことは……なんにも知らねぇ」

そう言う壮亮の瞳には、いろいろな感情が渦巻いているように見えたけれど、それが何なのかは僕には分からなかった。

「やめたのって最近じゃないの？　まだ学校始まってから半年も経《た》ってないよ」

「二カ月くらい前だよ。五月の頭くらい」

「じゃあ、関わってたのは二カ月くらいか」

「そうだよ。それだけだったけど……」

壮亮はそこまで言って、押し黙った。

「けど？」

僕が続きを促すように首を傾げる。

壮亮は苦い表情で首を振った。

「なんでもねぇよ」

あまり聞かれたくないことなのだと理解して、僕は弁当の包みをおもむろに閉じ始めた。

「ん、どこ行くんだよ」

壮亮に言われて、答える。

「屋上」

「行ってどうすんだ」

「何もしない。薫がいるかどうかだけ確認してくる」

「あ、そう……」

壮亮は煮え切らぬ返事をして、僕を見つめている。

見つめ合っていても仕方がないので、僕は鼻からゆっくりと息を吐いて、立ち上がる。

廊下に出ようとすると、壮亮が僕を呼び止めた。

「その……李咲先輩がもしいたら…………タバコ吸ってないかだけ確認してくれ」

そう言う壮亮の顔には、複雑な表情が浮かんでいた。

しかし、その切実さだけは、僕にも伝わってくる。

「分かった」

頷いて、廊下へ出る。

そして、校舎の端にある、屋上へと繋がる階段へと向かった。

EP.03

3章

YOU ARE MY REGRET...

A story of love and dialogue between a boy and a girl with regrets.

屋上が生徒にも開放されていることは知っていた。

入学したばかりの時の校舎見学で、一度入ったこともある。高いフェンスに囲まれている屋上は生徒が好きに行動しても危険ではないと判断されているようだった。

存在は知っていたものの、いつの間にか僕の意識からは抜け落ちて、『わざわざ行く場所』だという感覚はまったくなかった。

しかし、一人になりたいときにはちょうど良いのかもしれない、なんてことを考えながら。

唾《つば》を飲み込み、緊張しながら屋上のドアノブに手をかけ、少しだけ開けると、外から女子生徒のものらしき声が聞こえてきた。

「『朝に降りる』って歌知ってる？」

「知らないです」

「あれいいよ。メロディはなんかフツーだけど、歌詞がなんか退廃的で」

「そうなんですね」

「歌とか興味ない感じ？」

「あんまり」

「へー、音楽聴かない人って暇《ひま》なとき何してんの？」

「ゲームとか」

「へー」

扉を開けなくとも、その会話をしている二人が誰なのかはすぐに分かった。

両方とも、声を知っているからだ。

「小田島《おだじま》、今日はなんか機嫌悪そ」

「そんなことないですけど」

「あんま喋《しゃべ》らないほうがいい？」

「どちらでも」

「冷たいねぇ」

名越《なごし》先輩がのんびりと話すのに、薫《かおる》は平淡な相槌《あいづち》を打っている。

とりあえず、二人がいることは確認できた。他の声は聞こえてこない。

あとは、壮亮《そうすけ》に頼まれていたことを確認するだけだ。

そうして、僕がゆっくりとドアを開けていき、二人の姿を確認しようとすると……。

「ばあ」

「うわ!?」

目の前に名越先輩の姿があり、思わず大きな声を上げてしまう。

名越先輩は僕の大声に合わせておどけた様子で「うわぁ〜」と両手を上げた。

「なんだ、浅田《あさだ》じゃん。こそこそ覗《のぞ》いてるヤツいるなぁと思ったら」

名越先輩はくすくすと笑い、ガッと大胆に扉を開けた。

「なんか用？　あ。あたしじゃなくて小田島か」

そう言って名越先輩は薫の方へ振り返る。

薫は屋上のフェンスにもたれかかるようにちょこんと座り、感情の読めない顔でこちらを見ていた。しかし、その表情は徐々に険しくなった。

「なに？」

薫は憮然《ぶぜん》とした様子で問う。

僕はどう言ったらよいのか分からなくなり、狼狽《うろた》えた。

それから、とりあえずで答える。

「ひ、一人でご飯食べたい気分って……」

僕がそこまで言うと、言いたいことを察したように薫はため息をついた。

「一人みたいなもんだよ。李咲《りさ》先輩、ほっといても一人でずっと喋ってるし」

「おいおい、本人ここにいるんですけど？」

「ちゃんと会話しなきゃいけない人と一緒にご飯食べるのが面倒な時ってあるでしょ」

「あたしとはちゃんと会話しなくていいのかー？」

名越先輩のツッコミを薫はことごとく無視していた。

先輩はずっと鷹揚《おうよう》に笑っている。

「ま、せっかくだし三人で食べるか。読書部で仲良く昼ご飯！　悪くないね」

「幽霊部員じゃないですか……」

「細かいこと言うなって。あれ、浅田、メシ持ってきてないの？」

名越先輩は僕が何も手に持っていないのを見て、首を傾《かし》げる。

「様子を見に来ただけなので」

「へー。ほら小田島、めっちゃ心配されてるじゃん」

「余計なお世話」

名越先輩が薫の方に顔を向けると、薫は顔をしかめてそっぽを向く。

先輩は僕の方を見て、肩をすくめる。

「オールドスクール・ツンデレってやつ？」

「あの、僕、戻ります」

拒絶されている以上、このままこの場に居座るのも難しいと思った。

しかし、立ち去ろうとする僕の腕を名越先輩が摑んだ。

「まーまー、メシないならあげるって」

そう言って、先輩は右手に持っていた正方形の、カロリーメイトの箱を僕に手渡した。

「一本しか食ってないから、残りはあげるよ」

言葉通り、ひと箱に二パックのうちの片方の封が切られていた。そして、その二個入りパックの中の一本が余っている。四本中、一本しか食べていないということだ。

「いや、そしたら名越先輩のご飯が……」

「あたしもうお腹《なか》いっぱい」

名越先輩はあっさりと言って、僕に箱を押し付ける。

カロリーメイト一本だけでお腹いっぱいって……。あまりにも小食すぎやしないか。

そんなことを思いながら狼狽えている僕を尻目に、先輩はすたすたと薫の方へ歩いていく。

改めて見ても、身体が細すぎると思った。スカートから伸びる脚は、運動をしていないことを加味してもあまりに細い。

夏だというのに、長袖《ながそで》をまくって七分丈《しちぶたけ》にしている名越先輩。シャツから少しだけ出ている腕と手首も、不健康に細かった。

普段から、あまり食べないほうなのか。

そんなことを考えながら、しぶしぶ、屋上へと足を踏み入れる。

スンと鼻を鳴らして、辺りの匂《にお》いを嗅《か》ぐ。タバコの残り香《が》はなかった。代わりに、先輩の歩いた後には、少しだけ甘い匂《にお》いが漂っている。

香水か、シャンプーか。とにかく、女の子らしい香りだった。

ひとまず、壮亮に残念な報《しら》せを伝えなくて良いことに安堵《あんど》する。彼と名越先輩の関係性は分からないが、少なからず彼が先輩を心配していることくらいは僕にも分かった。

薫から少し離れたところに座ると、彼女はなんとも居心地が悪そうに身じろぎをした。

「最近はにぎやかだねぇ、屋上も」

名越先輩はフェンスにもたれかかりながら、口ずさむように言った。

「いつもはあたし一人なのに」

「誰も来ないいんですか？」

訊《き》くと、先輩はニッと笑ってから、指でゆるくVサインを作った。

「ガラの悪い女が煙草《タバコ》吸ってるってウワサがあるからね」

「……吸ってないですよね？」

「んー、どう思う？」

先輩はいたずらっぽい顔で首を傾げる。

僕は困ってしまって、苦笑を浮かべるしかない。

「タバコ、高《たけ》ぇからなぁ……買う気しないよ」

名越先輩はそう言って、鼻を鳴らした。

薫が小さい声で言う。

「その大量のピアスの方が高いでしょ」

「大量のピアス買った上にタバコ買う余裕はないって話」

先輩は薫の嫌味を軽く受け流す。

何を話したらいいか分からず、困った挙句に、僕は訊く。

「ピアス、痛くないんですか？」

先輩はにんまりと笑って、ピアスのあたりを指でなぞりながら答えた。

「軟骨に近いとこは痛いよ。でも」

名越先輩はそこで言葉を区切って、フェンスに深くもたれかかって、空を見た。

そして、放り投げるみたいに、言う。

「痛いのって……いいじゃん？　生きてるのが分かって」

その言葉に、どう返事をしていいのか分からなかった。

彼女の言葉は、冗談なのか、本気なのか分かりづらい。そして、そんなことを思いながらも、
なんとなく、それは彼女の本音のような気がしていた。

グシャグシャ、と、ビニール袋を丸める音がする。

薫の方を見ると、購買のパンが入っていた袋を握っていた。

「食べ終わったんで。戻ります」

薫は端的にそう言って、名越先輩に会釈《えしゃく》をした。

「おー、じゃあね」

先輩も軽く手を上げて返す。

薫は僕を一瞥《いちべつ》して、屋上から出ていった。

その瞳には冷たい光が宿っているように感じられた。ついてくるなよ、というような、念押しの視線。

でも、そんな顔をされたら、どうしても気になってしまう。

そんな視線を僕に送る意味を。

後を追おうと立ち上がった僕。

「誰でもさぁ」

その背中に声をかけたのは名越先輩だった。

「他人から立ち入られたくない領域ってあるんじゃない？」

先輩はそう言って、僕の瞳を見つめる。

感情の窺《うかが》えない目だった。心の中まで覗かれているような気持ちになり、背中にじわりと汗をかく。

「別に付き合ってるわけでもないんでしょ？」

「ええ、でも……」

「じゃあほっといてやんなよ」

名越先輩は放るようにそう言って、再びフェンスに深々ともたれかかる。ぎし、とフェンスがたわんだ。

「屋上なんてさ、一人でいたいヤツか、誰かと二人きりになりたいヤツらくらいしか来ない場所だよ」

その言葉は、妙な迫力を伴って僕に届く。

「……名越先輩は、一人になりたいんですか？」

僕が訊くと、名越先輩は薄く微笑む。

「あたしは、どうなりたくもないよ。馬鹿だから、高いとこが好きなだけ」

そう答える先輩からは、人を寄せ付けぬ『孤独』のオーラが漂っているように感じられた。

それを感じた途端に、何故《なぜ》か、右手に持っていたカロリーメイトの箱が存在感を主張しだしたような気がした。

僕は先輩に近寄って、カロリーメイトの箱を、ぐいと彼女に押し付ける。

「これ、返します」

「だからお腹いっぱいだって」

「それでも食べてください」

僕が言うと、名越先輩は驚いたように少しだけ目を開く。

きょとんとする彼女に、言う。

「先輩、細すぎます」

僕のその言葉を聞いて、先輩は数秒呆気《あっけ》に取られたような顔をした後に、プッと噴き出す。

「セクハラだぞぉ」

「じゃあ、僕はこれで」

「おーい、浅田」

屋上を出ようとする僕を、先輩は呼び止めた。

そして、薄い微笑みをたたえたまま、言った。

「もう来んなよぉ」

その言葉に、僕はしばし躊躇《ためら》った後に、答える。

「一人になりたくなったら来ます」

それを聞くと、先輩は肩をすくめて。

「だから、あたしがいるんだっつの」

と、返した。

ちょうど、午後の授業の予鈴が鳴った。

EP.04

4章

YOU ARE MY REGRET...

A story of love and dialogue between a boy and a girl with regrets.

放課後、薫《かおる》が荷物をまとめる音を聞いて、僕は機敏にそちらの方へ振り向いた。

「今日、なんで部活来ないの？」

僕が訊《き》くと、薫は一瞬ぴたりと動きを止めたが、すぐにまた帰り支度を再開する。

「用事」

「用事ってなに？」

僕がしつこく訊くので、薫は鬱陶《うっとう》しそうに顔をしかめた。

「なんでそんなことユヅに言わないといけないわけ」

「だって……最近まったく部活に顔を出さないから」

「もともと幽霊だったでしょ、あたしは」

「でも、これからは毎日来るって……！」

僕が切実な声を出すと、薫は一瞬切なそうな表情を浮かべる。しかし、すぐに険しい顔を作って、首を横に振る。

「行けるときは行くって」

「明日は来るの？」

「行けたらね」

薫は適当に答えて、荷物を詰め終わったスクールバッグを肩にかけた。そして、ひらひらと手を振って、教室を出ていく。

僕は椅子から立ち上がったけれど、それ以上追えずに、その場に立ち尽くす。

彼女は明らかに、部活に来ない理由を誤魔化していると思った。

けれど、その理由は分からない。彼女から語られない以上、僕にそれを知るすべはなかった。

「また夫婦喧嘩かい」

「喧嘩はしてないよ」

「夫婦の方は否定しないんだな」

振り返って睨《にら》みつけると、壮亮《そうすけ》が呆《あき》れたように僕を見ていた。

スクールバッグとは別に、ユニフォームの入ったスポーツバッグを肩にかけている。

明らかに、部活に行く前。という様子だった。

「部活だろ。早く行きなよ」

「いや、その……」

壮亮は歯切れ悪そうに僕に近づいてくる。

そして、耳打ちするように言った。

「先輩、どうだった？」

「ああ……」

そういえば、教室に戻ってきたのが昼休みの終わるギリギリで、壮亮に何も伝えていなかったことを思い出す。

「タバコは吸ってなさそうだよ。ただ屋上で暇《ひま》つぶししてるって感じだった」

「そうか……なんだ、良かった……」

壮亮はホッとしたように胸をなでおろす。

僕は壮亮を疑いの目で見た。

「やっぱり……なんかあるんでしょ」

「な、なんもねぇよ、別に……」

「じゃあ、なんかあったんでしょ」

訊くと、壮亮は言いづらそうにもごもごと口を動かす。

そして、背筋をピッ、とただし、スポーツバッグを肩にかけなおした。

「俺、部活だから行くわ！」

逃げるように教室を出ていく壮亮。その後ろ姿を見送って、ため息をつく。

明らかに壮亮と名越《なごし》先輩の間には何かがありそうだったが、これ以上突っ込んで訊いてよいものか分からない。

先輩の「立ち入られたくない領域ってあるんじゃない？」という言葉が蘇《よみがえ》る。
立ち入られたくない領域。
薫にとって、僕は今そこに立ち入ろうとしている存在なのだろうか。
でも、だって……。
心の中で焦燥感《しょうそうかん》が大きくなっていくのを感じる。
薫と初めてまともに会話をした時のことを思い出したのだ。

『何も訊かないで』

びしょ濡れになり、身体を震わせながら、彼女はそう言った。
訊かないで。そう言うくせに、薫は身体を小さくすくめて、震えていて。
「訊かなきゃ、君は……何も話したがらないじゃないか」
小さく呟《つぶや》く。
立ち入られたくない領域があるのは分かる。
それでも、薫は、いつだって……自分からは話さない。
そんな相手を心配して、こちらから歩み寄るのは、間違っているのだろうか。

そんなことを考えながら、僕は重い足取りで部室へと向かった。

部室で本を読んでいると、外からゴロゴロと雷の鳴る音が聞こえてきた。

文庫本を閉じ、おそるおそる窓を開ける。

重たい雲の間に、ぴかりと稲光が目視できた。でも、まだ雨は降っていなかった。

「雨の匂《にお》いだ……」

湿度が高くて、土が潤《うるお》い始め、その香りを発するような……独特の匂いが漂っている。

藍衣《あい》が「もうすぐ雨が降るね」と言う時は、きまって、こういう匂いがしていた。

少し窓を開けたままにして、読書に戻る。

なんだか落ち着かなかった。

そうして数分、文字の上に視線を這《は》わせていると、外から、ざぁ、という音が聞こえてきた。

それから、運動部員たちのどよめく声が。

「……降ってきた」

僕はもう一度窓辺《まどべ》に寄って、空を見る。

分厚い雲が、完全に太陽の光を遮《さえぎ》っている。薄暗くなったグラウンドに、ばちばちと容赦なく大粒の雨が叩きつけられていた。

ゆっくりと窓を閉め、ため息をつく。

ソファにゆっくりと腰掛けて、部室の端、固定されて開かなくなっているドアの前に視線をやる。

こんなタイミングで大雨が降れば……どうしても、思い出してしまう。

そう、薫が駆け込んできたのは、ちょうど、こんな夕立の日だった。

×　×　×

一人で読書をするのに慣れ切っていた僕にとって、部室の扉が開くのは、たいてい、平和《ひらかず》が野暮用《やぼよう》を伝えに来るときだけという考えしかなかった。

だから、その日も、扉がガラリと開いた時、視線もくれずに「なんですか、先生」と言ったのを覚えている。

そして、返事がないことに違和感を覚え、文庫本から顔を上げると、そこには濡れ鼠《ねずみ》になったクラスメイトが立っていた。

「………小田島《おだじま》?」

薫は何も答えずに、扉を閉め、そして、そのまま横に移動し、ずるずると扉にもたれかかるようにして、しゃがみ込んだ。

短く折ったスカートの中身が、思い切りこちらに見えている。

僕はそこから懸命に目を逸《そ》らしながら、薫に声をかけた。

「どうしたの?　部室に来るなんて初めてじゃん……」

僕が声をかけるも、薫は無言で俯《うつむ》くだけだった。カールした髪の毛の先から、ぽたぽたと水滴が垂れている。

慌《あわ》ててバッグからタオルを取り出して、薫の傍《そば》に寄り、それを差し出す。

「風邪ひいちゃうよ」

「別に、いい」

ようやく開かれた口から、低い声で漏《も》らされた答えを聞いて、僕はかぶりを振る。

「良くないよ」

「ほっといてよ……」

いつも不愛想で、クラスでも若干《じゃっかん》浮いている薫。

こうして一対一で話しても、印象はあまり変わらなかった。

しかし、ここまでびしょびしょになっている薫を放っておくことはどうしてもできなかった。

「頭だけでも拭《ふ》かないと」

タオルを持って、薫の髪に触れようとすると。

「触らないでッ！」

薫が激昂《げっこう》した。彼女の腕がばちん、と僕の腕に当たり、驚いてタオルから手を離してしまう。

ぽと、とタオルが床に落ちるのを見て、薫の瞳が揺れる。

「あ……ごめん……そうじゃなくて」

狼狽《ろうばい》して口ごもる薫。

「……いや、ごめん。仲良くもない男に、頭触られたくないよね」

僕は努めて穏やかな声で言って、タオルを拾う。

そして、もう一度薫に渡そうとした。

「風邪ひいちゃうから」

「…………」

薫は無言で僕の目を遠慮がちに見つめた。数秒間そうしてから、こくんと首を縦《たて》に振って、
僕からタオルを受け取った。

そして、静かに、髪の毛を拭き始める。

ひとまず安堵《あんど》して、僕はもともと座っていたパイプ椅子へゆっくりと戻り、腰掛けた。

無言の時間が続く。

放っておいてくれと言うのなら、そうしておいた方がいいだろう。

そんなことを考えながら文庫本を開くものの、内容は頭に入らなかった。

ただならぬ様子の薫のことが、気にかかってしまう。

しばらくすると、座っていた薫が立ち上がる気配があった。本を閉じ、彼女の方を見ると、薫はおずおずと僕に近寄って、ぺこりと頭を下げた。

目を赤くしていることに気付いて、僕はハッと息を吸う。

「……ごめん。タオル、ありがとう」

「いや、その……大丈夫」

「洗って、明日返す」

「明日じゃなくてもいいよ」

「明日返す」

もう一度薫はそう言って、とぼとぼと扉の前まで歩いていった。

スクールバッグを拾って、肩にかける後ろ姿が、あまりにも弱々しくて……。

「あのさ！」

僕は、勇気を振り絞り、もう一度声をかけた。

びくり、と薫の肩が跳ねる。

「どうしたの……？　こんな時間に、部室に来て」

僕が問うと、薫はなんとも言えぬ表情で、答える。

「一応部員だけど。部員が部室に来たら悪い？」

険のある言葉だった。

でも、それが彼女の本心じゃないことは、なんとなく、分かった。

「いつでも来ていいよ。でも、今まで来たことなかったでしょ。だから、何かあったのかなって」

「別に。雨降ってきたから、雨宿りしたくて、一階の、一番端っこにあるこの部屋がちょうどよかっただけ。馬鹿正直に読書してる人がいるなんて思わなかった」

嘘だ、と、思った。

「近くにいて、突然雨に降られただけじゃ、そんなに濡れないよ」

僕が薫の制服を指さして言うと、グッ、と、言葉に詰まったように薫が奥歯を噛んだ。

そして、言う。

「あんたには関係ないでしょ」

これ以上訊くな、と、言われた気がした。

彼女の言葉は、明確な、僕に対しての拒絶を意味していた。

それでも、引き下がれなかった。あんなに弱々しい姿を見せられたら……。

「関係なくないよ」

僕は立ち上がって、ゆっくりと薫に近づく。

薫はおびえたように、少し後ずさる。

「さっき自分で言ったじゃん」

薫の目の前に立ち、言った。

「僕たち、同じ部活の仲間でしょ?」

薫の目がゆっくりと見開かれた。

そして、たちまちその瞳が潤《うる》んで、ぽろぽろと涙がこぼれだす。

「はっ……何……馬鹿じゃないの……幽霊部員だし……」

「でも、部室に来てくれたの、君が初めてだから」

「知らないよ、そんなの……最悪……なんなの……」

後半の言葉は、流れ出して止まらない涙に向けてだと分かった。

薫は再び、その場にしゃがみ込んだ。顔を隠すように、両手で覆《おお》う。

「う……ぐすっ…………うぅぅ……」

嚙み殺すように、奥歯に力を入れて嗚咽《おえつ》を漏らす薫。

僕は、おずおずと彼女の隣にしゃがみ、ゆっくりとその背を撫でた。今度は「触らないで」と言われなかった。

「あの……僕、君のこと、何も知らないからさ……」

できるかぎり優しく、声をかける。

「だから、何を言われても、君のこと、何も思わないし……だから……」

背を撫でながら、言った。

「聞かせてよ。雨がやむまで」

部室に入ってきたときの薫は、明らかに怒りとも悲愴感ともいえぬ、激情を表情に滲《にじ》ませていた。ただならぬ雰囲気だった。

話して少しでも楽になるなら、そうしてもらいたかった。

「あんたには関係ないって言ってんじゃん……」

「関係なくても、聞きたいよ」

僕が答えると、薫がゆっくりと顔を上げた。薄い化粧が、涙で乱れている。

「なんで……？」

そう問われると答えに詰まり、理由を探すように部室の中で視線をきょろきょろと動かした。

「ほら、僕、読書部員だし……」

「……だから？」

「だから……ほら……物語が、好きなんだ」

苦し紛《まぎ》れに答えると、薫は数秒きょとんとした後に、くすりと笑った。

「……何それ、馬鹿みたい」

薫の笑っている姿。

初めてそれを見て、僕は、何故《なぜ》か、とても安堵したのだった。


今まで誰も使うことのなかった三人掛けソファに、薫が座っていた。

なぜかこの部室に置かれている、妙に上等なソファ。僕も何度か座ってみたことがあったけれど、深く沈みすぎて、落ち着かなかった。

結局パイプ椅子に座る方が読書には適していると思って、いつもそうしていた。

「……家に、居場所がないの」

「え？」

突然、薫が口を開いた。

薫は横目で僕を見て、鼻を鳴らした。

「聞いてくれるんじゃないの」

「あっ……ああ！　もちろん、聞く」

ひとしきり泣いてから、ずっと黙り込んでいた薫。

結局話す気はないんだな、と思っていた矢先のことだったので、驚いた。

パイプ椅子ごと薫の方へ身体を向ける。

「うちは片親で……お母さんと一緒に住んでるんだけど。お母さんはなんというか……男の人がいないと、ダメなの」

「お、男の人……」

「うん。愛人」

「あ、愛人……」

オウム返ししかできない僕に、薫はくすりと笑う。

概念として知ってはいるものの、なじみのなさすぎる単語が飛び出して、戸惑《とまど》っていた。

「それで、いろんな男をとっかえひっかえして……しょっちゅう、誰かしら男が家にいるんだよね」

「……そう、なんだ」

想像もつかない光景だと思った。

家に帰ると、他人がいる。

しかも、愛人となれば……。

「今日、家に帰ったら」

薫はそこまで言って、顔を伏せた。

そして、小さい声で言う。

「玄関で、してたの」

「し、してたっていうのは」

「言わせないでよ」

薫の返事で、僕も理解する。

「お、親の……親の…………最悪……」

薫は、また涙が出そうになるのをこらえていた。

「部屋から聞こえてくるのもイヤなのに、なんの心構えもしてない状態で、そんなの見せられて、よく分かんなくなっちゃって……」

「それで……学校に戻ってきたの？」

「……そう。歩いてても落ち着かなくて。雨も降ってくるし。誰にも会わずに、一人でじっとしていられる場所が欲しくて、それで……ここに来て」

「…………ごめん」

僕が頭を下げると、薫は驚いたように顔を上げて、それから、自分の言葉を思い返すように視線を動かした。

そして、何かに気が付いたように、ハッ、と息を吸う。

「あ、いや……違う、あたしが勝手に来ただけで」

「でも、一人になれなかった」

「そうだけど、あんたが謝ることじゃない」

薫はそう言って、再び俯いた。

「お母さんは……父親がいなくなってから、ほんとにダメになっちゃって、家事とかもなんにもやらなくて……あたしがいないと生きていけない。だから、家には毎日帰らないといけなくて……でも……」

涙声でそう言う薫。

僕は、家に居場所がないなんて感じたことがなかった。想像はできても、実感が伴わない。

どう言葉を返してよいか迷っているうちに、薫はまた涙を零《こぼ》しだす。

「……帰りたくない」

彼女の口から漏らされたその言葉が、本心なのだと、僕にも分かった。

ぐらり、と、心臓のあたりの熱が上がる感覚があった。

僕はきっと、小田島薫の家庭の事情を根本的に解決することはできない。する気も、ない。

それでも、薫は読書部の部員で、ここは読書部の部室だった。

「じゃあ、帰らなきゃいいよ」

「………………え?」

薫が顔を上げ、きょとんとした表情を浮かべる。

「今日はここに泊まろう」

僕の提案を聞いて、薫は狼狽したように目を見開いた。その視線がちらちらと動く。

「な、何言ってんの?」

「大丈夫、戸締まりしたふりだけで、いつもみたいに鍵を返して、電気を消して、じっとしてればバレないよ」

「ねえ、だから何言ってんの？」

薫は困惑《こんわく》したように僕を見た。

確かに、あまりに突然の提案すぎて、何かしら口実が必要だと思った。

僕は、小さく息を吐き、机の上に置かれていた二冊の本を手に取って、薫に見せた。

「この本、上下巻で、すごく面白くて……僕も、ちょうど今日、これを読み切ってしまいたかったんだ」

「はぁ……？」

「部室が一番落ち着くんだ。本を読むのは。だから僕、今日ここに泊まるよ」

「正気？」

「正気だよ。実は前にもやったことあるんだ」

嘘だった。

でも、このまま薫を家に帰すわけにはいかない、という不思議な使命感が、僕の中に湧いていた。ぐらぐらとお湯が沸くように温度を上げるその気持ちを、抑えることができない。

「だから、君も……ここで好きなことしてたらいいじゃん。眠くなったら、そのソファで寝なよ」

僕がそこまで言い切ると、薫は黙りこくって、僕の両の目を交互に見つめた。

おびえる小動物のようで、あまりに、弱々しい表情。

「……なんで？」

「え？」

薫の口から、疑問が零れ落ちる。

「なんでそこまでしてくれんの？」

「いや、だから、僕が本を読みたいだけで……」

「いいよそういうのは！」

薫が大きな声を出し、僕はびくりと身体を跳ねさせた。

さっきまでの怯《おび》えたような表情は消え、彼女の顔には怒りがありありと浮かんでいる。

「関係ないじゃん、あんたには！　そこまでしてもらう義理なんてない！」

そう言われて、僕は、数秒、黙って考えた。

確かに、彼女がそう言うのは当たり前だと思った。

僕と薫の間には本当に「同じ部活に所属している」という繋がりしかなくて、それはあまりに希薄で、細い糸のような関係だった。

でも、さっき、彼女の言葉を聞いて、僕は必死に、考えていた。

「想像しただけだよ」

自分の母親が、父親以外の人間と。

いや、父親とであっても。

そういう行為をしているところを目《ま》の当たりにしてしまったら、冷静でいられるはずがなかった。

そんな家に、その日のうちに、明るい気持ちで帰れるかどうかと問われたら、ＮＯとしか言いようがない。

その苦しみを想像したら、放っておく気にはなれない。

「そんな家には、帰りたくないよ……僕だって」

僕が言うと、薫の目がゆっくりと開いていく。

「それにさ」

僕は、改めて、言った。

「同じ部活の仲間じゃん」

僕の言葉を聞いて、薫は、動揺したように視線を泳がせる。

それから、困ったように笑った。

「部員っていったって……だから、幽霊じゃん……」

「それでもだよ」

「部員何人いるの？」

「十人、かな」

「幽霊じゃない部員は？」

「僕だけ」

「馬鹿じゃん。次にまた、あたし以外の幽霊部員が駆け込んできても、そうやっておせっかいするわけ」

そう問われて、僕は再び、その状況を想像するように、考え込む。

そして、照れ笑いをしながら、言った。

「……困ってるなら、助けたいよ」

その言葉を聞いて、薫は、ゆっくりと息を吐きだした。

そして、ぽつりと、言う。

「…………本物の馬鹿じゃん」

それから、薫はスクールバッグを肩にかけて、立ち上がる。

「……帰るの？」

部室の扉へ歩いていく薫に、僕が問うと、薫は振り返って、唇を尖《とが》らせた。

「馬鹿。……夕飯買いに行くんだよ」

そうして、僕はその日初めて、校則違反をした。

×　×　×

雨脚は強くなる一方だった。

雷が落ちる大きな音が聞こえて、僕の意識は部室の中に引き戻される。

あの日のことを、思い出していた。

薫の小さな背中、そして濡れる瞳。

薫が泣いたところを見たのは、あの日と、それから、必死になって藍衣と僕とのことで怒ってくれた日だけだった。

僕が藍衣のことでうじうじしていた時の涙は、きっと、感情が高ぶったから出た涙だった。

心から僕のことを心配してくれていたから、出た涙。

でも、あの大雨の日は、違う。

彼女は、自分のことで、抱《かか》えきれない怒りと悲しみを放出していたんだ。

もし、また、彼女が家庭のことで悩みを抱えているのだとしたら、きっと、僕にはもうその話はしないだろう。

立ち入られたくない領域がある。

分かってる。

それでも、僕は、かけがえのない部員が悲しい顔をしているのを、黙って見ている気にはなれなかった。

突然音を立てて部室の扉が開く。

びくり、と肩を揺らして、僕が振り返ると、そこには藍衣が立っていた。

「結弦。帰ろ」

藍衣がいつものように優しげな微笑みをたたえながら、言った。

思わず壁にかかった時計を見る。

「まだ、部活の時間だけど」

「雨、この後もっと激しくなるみたいだよ。雷も。だから今日は今のうちに帰っちゃおうよ」

「でも……」

まだ、薫が……。

口ごもる僕に、藍衣はゆっくりと首を横に振った。

「薫ちゃん、今日は来ないと思うよ」

「え？」

「放課後すぐに、昇降口で靴履《は》き替えてるの見た。ちょっと急いでるみたいだった」

藍衣はそう言ってから、諭《さと》すように首を傾げた。

「ね？　帰ろ？」

こんな大雨が降り出すずっと前に、学校を出たのだ。

であれば、もう戻ってくるはずはなかった。

「……分かった。鍵、返してくる」

「うん。昇降口で待ってるね」

藍衣は部室の扉の横に静かに立って、僕が鍵を閉めるのを待っていた。

僕は文庫本をバッグにしまい、部室を出る。

再び、雷が鳴った。近くに落ちたんじゃないかと思うほどに大きな音だった。

「すごいねぇ。怒ってるのかなぁ」

藍衣が、廊下の窓に視線をやりながら、口ずさむように言った。

5章

EP.05

YOU ARE MY REGRET...

A story of love and dialogue between a boy and a girl with regrets.

雨脚がひどすぎて、傘を差していても膝《ひざ》より下がびちゃびちゃに濡れてしまった。

ローファーの中に侵入した雨水が、ぐずぐずと靴下をぬかるませて、気持ちが悪い。

一歩進むたびにぐちゃぐちゃと鳴る足元に辟易《へきえき》しながら歩いている僕とは対照的に、隣の藍衣は上機嫌だった。

「ひゃー、雨すっごい。荷物持ってなかったら全身浴びられるのになぁ」

ビニール傘を透かして空を見上げながら、暢気《のんき》に藍衣がそんなことを言う。

「やめなよ。風邪ひくよ」

「帰ってすぐお風呂入ったら大丈夫だよ」

「だからってわざわざ濡れることないでしょ」

僕が苦笑するのを気にする様子もなく、藍衣はにこにこと笑っている。

「こんな雨、なかなかないよ！　神様の怒り！　って感じでワクワクするじゃん。全身で浴びたらなんかすごい力に目覚めるかもしれないよ？」

「またすごいこと言い出す……」

後半は冗談だろうが、藍衣が本気でこの雨を浴びたがっているのは僕にも分かった。

中学の頃から、彼女は雨に濡れることに一切抵抗がない。

しかし、学校の荷物を持ったまま傘を放り出してしまったら、教科書やノートが使い物にならなくなってしまうのは分かり切っている。

藍衣も後先を考えないわけではないので、口ではそんなことを言いながらも傘はしっかりと差していた。

「太もも、冷たくて気持ちいい」

藍衣がそう言うので、自然と視線が彼女の足のあたりに落ちる。

びたびたと地面を打つ雨が、彼女の太ももやふくらはぎに容赦なく水滴を散らしていて、僕は何か見てはいけないものを見てしまったような気持ちになりながら視線を逸《そ》らす。

「スカート、こういう時はいいよねぇ。ズボンはいっぱい濡れちゃって乾かすの大変だけど、お肌は拭《ふ》いたら元通りだもんねぇ」

「スカートも濡れてるよ」

「えー？　あ、ほんとだ。もしかしてパンツも濡れてる……？」

あっけらかんとした様子でそんなことを言う藍衣に、僕は思わず噴き出して、彼女を睨《にら》む。

「ねえ、仮にも男子の前でそういうこと言うのやめてよ」

「やだ、そういう意味じゃないよ？」

「分かってるよ!!　パンツとか言わないでって言ってんの！」

「なんで？　ドキドキするから？」

藍衣のくりくりと丸い瞳が僕を覗《のぞ》き込む。

急激に顔の温度が上がったような感覚があった。藍衣から顔を逸らして、ため息をつく。

「そうだよ……」

僕が白状すると、藍衣はパッと花が開いたように笑った。

「じゃあいいじゃん！　結弦《ゆづる》にドキドキされるの嬉しいよ？」

「僕は困るんだって……」

ここまで好意を隠さないで接してくるのも、困ってしまうと思った。

そういうのが、一番ドキドキしてしまうのだから。

そんなことを考えていると、突然、空がピカッ！　と発光した。

遅れて、ドカン！　と、爆発のような轟音が鳴る。

お腹《なか》を殴られたのかと思うような振動が身体に伝わった。

近くに雷が落ちたのだった。

二人そろってびくり、と肩を跳ねさせる。

顔を見合わせて。

「やっぱ怒ってるんだよー!!」

藍衣はけらけらと笑って、僕はそんな彼女を見て苦笑した。

怖い、とかよりも先にそんな感想が出てくる彼女は、本当にすごいと思った。

轟音に驚いて心臓が鳴っているのか、藍衣にドキドキしているのか、分からない。

「神様って何に怒るんだろうね。神様同士で喧嘩でもしたのかなぁ」

「神様の喧嘩に下界の者を巻き込まないでほしいよ」

「あ、もしかしたら、いっぱい人間をびっくりさせた方が勝ち！　みたいなゲームをしているのかも」

「とんでもない遊びだなぁ」

商店街の中ほど。もう少しで僕の家への道と、藍衣の家への道で分かれるところだった。

「ねえねえ結弦、これ持って」

「ん？　え？」

返事をするのを待たずに、ぼすん、と、藍衣のスクールバッグが僕に手渡された。

突然のことに僕が困惑《こんわく》している隙《すき》に、藍衣は滑《なめ》らかな動作で傘を畳んだ。

「あ！　ちょっ……藍衣!?」

「わー！　やっぱり気持ちいい！」

両手を広げて全身で雨を受ける藍衣。彼女の髪は瞬《また》く間《ま》に雨を吸ってしっとりと重みを増していく。

「風邪ひくってば！」

僕が大きな声を出しても、依然《いぜん》として藍衣は楽しそうだった。

「大丈夫だよ～！　それより、神様の雨浴びないともったいないって！」

「絶対そんなんじゃないって！」

「いっぱい人間びっくりさせゲームしてるんだとしたら、癪《しゃく》じゃない？　喜んでる人間いたら神様もびっくりしちゃうんじゃないかなぁ！」

あくまで、無邪気に。

藍衣は大雨を浴びて、はしゃいでいた。

あっという間に、髪の毛のみならず、全身までずぶ濡れになる藍衣。白い肌着が透けて、さらにその下の下着のラインも見えてしまっていた。

「はぁ……ほんとに……ほんとにもう……」

大雨の日は、どうしても憂鬱《ゆううつ》になる。

湿気で喉《のど》が詰まり、呼吸がしづらくなり、頭も、なんだか重くなる。

でも、こうして大雨にはしゃぐ藍衣を見ていると、その憂鬱な気分が晴れていくのを感じていた。

本当に、神様も、こんな人間にはびっくりしているんだろうな、と、思う。

×　×　×

「と、いうわけで……連れてきたんだけど……」

目を細くしながら僕とびしょ濡れの藍衣を交互に見つめる母さん。

僕は申し訳ない、という気持ちを伝えるように何度もへこへこと頭を下げる。

母さんはため息一つで、切り替えたように頷いた。

「はいはい、お風呂沸いてるから。ほらタオルこれね。藍衣ちゃんさ、男の前でそんなに濡れたらダメだよ」

「お母さんお世話になります！　でも、濡れると結弦はドキドキするって言ってたよ？」

「ふぅん？」

母さんの目がいっそう細められて、僕の方に向く。

「決してやましい目では見てない！　決して！」

僕がぶんぶんと両手と首を振るのを見て、母さんは鼻を鳴らし、藍衣を脱衣所へと連れていった。

そして、藍衣を押し込んで、またすぐに戻ってくる。

「あんたもさ、止めなさいよ」

腰に手を当てて、ため息をつく母さん。

「止めたよ。めちゃくちゃ止めたって……」

僕が答えると、二人のため息がそろった。

「はー、ほんとすごい子ね。ま、結弦にはそれくらいの方がいいのか」

「どういう意味？」

僕が訊《き》くのを無視して、母さんはバスタオルを雑に僕に手渡して、ドスドスと廊下を歩いた。

「廊下濡らしたら自分で拭きなさいよ！」

「……はい」

言うだけ言って、母さんはリビングへと引っ込んでいった。

再び深いため息をつき、のそのそと濡れた足とズボンを拭き始める。

結局全身ずぶ濡れになってしまった藍衣をそのまま帰すわけにもいかず、家に連れてきたのだ。

藍衣の家は、あの分かれ道から徒歩二十分もかかるのだ。

あんなに濡れたまま、夏とはいえ雨が降り気温の下がった道を長時間歩いたら、本当に風邪をひいてしまうかもしれない。

「神様の雨、かぁ」

呟《つぶや》いて、二階の部屋へと上がった。

濡れた制服をハンガーにかけ、部屋着へと着替える。そして、窓の外の様子を見た。

本当に、さっきまでと同じか、それ以上の雨脚だ。

窓を閉めているのに、ばちばちと屋根や地面に雨が打ち付ける音が部屋の中まで聞こえていた。

……どうしても、考えてしまう。

薫《かおる》は、今、どこで、何をしているのだろうか。

もし、前と同じように家に居場所がないと感じているのだとしたら、こんな雨の中、一体どこで。

そんなことを考えながら、ベッドの上に座り、ただただ外の雨模様を眺めていると。

「結弦。お風呂あいたよ」

気付けば長い時間が経過していたようで、濡れ髪のままの藍衣が、部屋に入ってきた。

肌はほんのり赤くなっていて、艶《つや》っぽい。

「あ、ああ！　うん。じゃあちょっと入ってこようかな」

「結弦もちゃんとあったまってね。というか、私が先でごめんね」

「どう考えても藍衣が先でしょ……」

全身ずぶ濡れの人を後回しにしたら、もはや家まで連れてきた意味すらなくなってしまう。

苦笑しながら、ベッドを下りる。

そして、部屋を出ようとしたその時。ふと、気がかりが生じた。

「……お風呂、入ったんだよね？」

「うん？　うん」

「お湯は？」

藍衣がぱちくりと瞬きをした。

「え？　そのままだけど……だって結弦入るんだよね？」

「そ、うん、まあ、そう、だけど……」

僕がそこまで言って難しい顔をし始めると、藍衣が「あ」と声を上げた。

「大丈夫だよ！　足のアカ落としたりはしてないから……」

「いやいや、そんな心配はしてないけど」

「……じゃあ」

藍衣の顔にいたずらっぽい色が浮かぶ。

「えっちなこと考えてたりする？」

「……シャワー浴びてくる」

僕が顔を赤くしながら部屋を出ていく背後で、くすくすと笑う声が聞こえていた。

そういうことにも理解が及ぶようになった藍衣は、僕にとって強敵であった。


シャワーを浴び終え――結局、身体が冷えて仕方なかったので、頭の中を真っ白にしながら一分くらい湯舟にも浸《つ》かった――部屋に戻ると、ベッドで藍衣が横になっていた。

窓のほうに顔が向いていて、そのお腹は規則正しく上下していた。

もしかして寝てるのか……？　と思いながら、おそるおそる近寄る。

傍《そば》まで行くと、藍衣がごろりと寝がえりを打ち、その腕が僕の首の後ろに回る。ドキリ、と心臓が跳ねた。

「捕まえた」

「……びっくりするから」

「びっくりさせようと思ったんだよ」

藍衣が至近距離で笑うので、顔に息がかかってこそばゆかった。

藍衣は僕から腕を離して、窓の方へのろりと自分の身体を寄せた。

そして、空いた半分のベッドを、ぽんぽんと叩く。

「結弦も寝っ転がって？」

「……さっきみたいに急に近づくの禁止ね」

「なんで？　ドキドキするから？」

「そう」

「えへへ。分かった」

藍衣がもう一度ぽんぽん、とベッドを叩く。

僕は言われる通りに、藍衣の隣に横になった。

窓の外は相変わらずの土砂降りだ。

「ずっと降ってるね」

藍衣が穏やかに言った。

あるがままを受け入れるような口調だった。僕もゆるく頷《うなず》く。

「まだ勝負がついてないいんじゃない？」

そう言うと、藍衣はくすりと笑った。

「もしかして雨で大はしゃぎした人間がいたせいだったりして？」

「そうだよ。気が済んだらひとの家で一番風呂入ってさ。たまんないよきっと」

「あはは。悪いことしたかも」

まったく悪びれた様子もなく笑う藍衣。

彼女の髪が揺れると、シャンプーの良い匂《にお》いがしてきて、ドキドキした。自分も同じシャンプーの匂いがするはずなのに、どうして好きな女の子から漂ってくるだけでこんなに印象が変わるのか。

しばらく、二人で窓の外を眺めていた。

「ねえ、結弦？」

不意に、藍衣が僕の方へ顔を向けた。また息のかかるような距離。

だからやめてくれよ……と、言いたかったけれど、藍衣の表情があまりに真剣で、しようもない軽口が喉の奥で止まった。

藍衣は僕の瞳を覗き込むようにして、言った。

「薫ちゃんのこと、心配？」

突然薫の名前が出て、僕は言葉を詰まらせる。

藍衣は僕の表情を見て、瞳を伏せた。

「……心配、だよね」

藍衣は噛み締めるようにそう言う。

「さっき、薫ちゃんを昇降口で見たって話したでしょ」

「うん」

「ほんとはちょっとだけ話したんだ」

「え？」

藍衣は遠慮がちに僕を見て、言った。

「結弦が心配してるよ、って言ったの。そしたら……」

藍衣の瞳が揺れる。

「『ユヅが心配するようなことは何もないから』……って言われた。それから、『それより藍衣のこと見てあげて、って伝えといて』って」

藍衣はそう言って、ゆっくりと息を吐く。

「薫ちゃんは、優しいんだよ。私と結弦のことを立てて、自分の悩みにフタをしてる」

藍衣の視線が再び窓の外に向いた。きっとその視線の先には、薫がいるのだ。

そういえば、そうだった。

薫が僕と露骨に距離を置きだしたのは、藍衣とのあれこれが解決してから数週間が経《た》ってからのことだ。

「きっと、薫ちゃんは、自分の心の中に誰も踏み入らせないことで自分を守ってる。でも、誰にも踏み入られないこと自体にも、苦しんでる」

藍衣の手が、ぎゅ、と、僕の腕を掴んだ。

「だから……結弦が、助けてあげて」

「……僕が？」

「そう、結弦が。きっと、私じゃダメだから。私、馬鹿だから、上手な言葉が使えなくて、きっと薫ちゃんを困らせるだけになると思う」

その言葉に、僕は戸惑《とまど》う。

僕だって、薫を困らせている。それが分かっている。

「僕だって……同じだよ」

「ううん、違う」

藍衣はゆっくりとかぶりを振って、僕を横目に見た。

細められた目にしっかりと見据えられて、僕も藍衣の瞳から目が離せなくなった。

「結弦は、ちゃんと、相手に寄り添える言葉を持ってるから」

「相手に……寄り添える言葉……？」

「うん。私も、それに救われたから」

僕は、藍衣を救った記憶なんてなかった。むしろ、いつも藍衣に大切なことを気付かされてばかりだ。

でも同時に、藍衣がそう言うならば、彼女の中にそういう実感が確かにあるということなのだろうとも分かった。彼女は、思っていないことを言うような人間ではないから。

「私は事情はなんにも知らないけど……でも、一人で抱えきれる問題じゃないことだけは分かる。あんなに必死な顔してる薫ちゃん、初めて見た」

藍衣は脳裏に焼き付いた光景を思い出すように、目を細める。

それから、急に僕の方へ身体を向けた。

「結弦、こっち向いて」

「えっ、なんで」

「いいから」

彼女の意図が読み取れないながらも、僕はおずおずと、身体を藍衣の方へ向けた。

藍衣の両手が僕の顔に伸びてくる。そして、頬を包むように、顔に添えられる。

「結弦ならできるよ。結弦にしか、できないよ」

「……そうかな」

「うん、絶対に、そう」

僕を見つめる藍衣の顔は真剣だった。

「私と、君の、大切な友達のこと、ちゃんと助けてあげて」

僕は、息を呑んだ。

大切な友達。

僕にとって、薫は確かに、そうとしか言い表せないような相手だった。彼女の悩みを解決して、また、今まで通りに関わり合っていきたい。そう思っていた。

でも、それは、僕だけの中の感情だと思い込んでいた。

気づけば、藍衣にとってもとっくに、薫は大切な友達になっていたのだ。

部室の中で楽しそうに話す二人のことを思い返す。

僕の日常だと思っていたそれらは、きっと、藍衣にとっても、そして、薫にとっても、かけがえのない日常だったのだ。

そして、藍衣は、僕に託そうというのだ。

口の中が乾いていくような感覚があった。

「ぼ」

僕はゆっくりと口を開いて。

「僕のできる限りのことを……やっ——」

やってみる。

と、言おうとしたところで、部屋のドアがガチャリと開いた。

「あんたら、もうちょっとしたら車出すから、支度を……」

慌てて僕が振り返ると、母さんが僕たちを見て硬直していた。

「あら…………車出すの二時間後くらいにする？」

「いいや、今すぐ出して。藍衣も起きて。準備しよう」

僕はベッドから機敏に飛び起きて、ドスドスと廊下に出る。

そして、藍衣が着替えられるように、ドアを閉めた。

母さんが、呆れた顔で僕を見る。そして、部屋の中に聞こえぬよう、小さな声で言った。

「もしかしてあんた、ヘタレ？」

「断じて、変なことはしてない」

「でも、キスするところだったんじゃないの？」

「真面目《まじめ》な話をしてたんだ！」

「あんなに至近距離で⁉」

「そう！　というか気を遣《つか》うならノックくらいしてよ!!」

「ごめん、いつものクセで……」

本当に、勘弁してくれ、と、思った。

INTERMISSION

〔幕間〕

YOU ARE MY REGRET...

A story of love and dialogue between a boy and a girl with regrets.

「今回は本気なの。あの人となら一緒になれると思う」

お母さんがそんなことを言うのを、私は眉を寄せながら聞いていた。

「しっかりした仕事をしてて、キャリアもある人なのよ。将来のこともちゃんと考えてくれてて……」

何も言わない私に、言い訳のように今度の男の利点を並べ上げるお母さんは、哀《あわ》れだった。実の母親のことをそんなふうに思わないといけないことも、ただただ悲しかった。

「薫《かおる》のことも大切にしてくれるって言ってた。だから」

「ねえ」

私は、お母さんの言葉を遮《さえぎ》って、問う。

「その人、お母さんのこと……ちゃんと愛してくれてるの？」

そう問われて、お母さんの目が見開かれた。

怒ると分かっていた。でも、訊《き》かずにはいられなかった。

「当たり前でしょう！　なんでそんなこと言うのよ!!」

「なんでって、分からないの!?　いつもいつも、今度こそはって新しい男連れてきて、数週間うちで散々ヤッて、気付いたら捨てられてるじゃん!!　何回同じことするつもりなの!!」

「ヤるだなんて……そんな汚い言葉を使わないで頂戴《ちょうだい》！」

「どう言ったってしてることは一緒でしょ。ほんと最悪……」

これ以上話しても無駄だと思った。私は自室に上がるべく、階段に足をかける。

「ちょっと、話は終わってないわよ！　待ちなさい！」

お母さんの声が背中に刺さる。

私は振り向いて、こちらを見上げるお母さんを冷たい瞳で見つめる。

「一方的に言いたいことを言うだけなら、言わなくていい。どうせ捨てられるんだから、勝手にすれば。家事はいつも通りやってあげる」

吐き捨てるように言うと、お母さんは言葉を失ったみたいに、何も言わなかった。

傷つけた。分かってる。そういう言葉を選んでしまったから。

階段を上り、自室に入る頃には、階下からは悲しげに洟《はな》をすする音が聞こえていた。

どうしていつもいつも、こうなってしまうんだ。

部屋の扉を閉めて、私は溢《あふ》れそうになる涙をこらえるように、奥歯をぐっと噛み締めた。

『一番じゃなきゃダメなのよ』と、実の父親がいなくなった時から、繰り返し聞かされてきた。

でも、祈りのように、そして呪いのように発されるその言葉を使っている本人こそが、いつだって、一番じゃなかった。

男にいいようにされて、性欲のはけ口にされて……だというのに、懲《こ》りずにまた恋愛をする。みっともない母親を見続けるのが、イヤだった。

男なんていなくても、私と二人で、幸せに生きていけるはずなのに。お母さんは、その道を選ぼうとはしない。

私の家族はお母さんだけなのに……私は、お母さんにとって、『一番じゃない』って言われているようで、それが一番……悲しかった。


今回お母さんが連れてきた男は、確かに、今までのようなチャラついた男や、半グレの男と違って、背広を着て、柔和《にゅうわ》な笑顔をたたえた小綺麗な男性だった。

見える範囲では、タトゥーもない。

「お母さんと真剣にお付き合いさせてもらってる。よろしく」

握手を求めるように手を差し出されて、私は顔をしかめそうになるのを必死にこらえた。男性の後ろで、落ち着かぬ様子で私を見てくるお母さん。

握手は御免だ。愛想良くも、できない。

それでも、お母さんの顔を立ててやらねば……という気持ちだけが働いた。

「……娘の薫です。よろしくお願いします」

簡潔に挨拶《あいさつ》をして、頭を下げた。

他人行儀な私を見て、男性は困ったように眉を寄せた。

「そんなにかしこまらなくても……家族みたいに気安く話してくれていいんだよ」

家族みたいに、という言葉に、鳥肌が立った。

何が家族だ。今日初めて会った男に、どうやって親しみを持てと言うのだ。

「あたしには構わなくていいので」

それだけ言って、男との初対面を終えた。

確かに、いつも連れてくるヤツらよりはマシそうな男だと思った。でも、それだけだ。

私を懐柔《かいじゅう》しようとする薄ら笑いが、他の男たちと一緒だった。すぐに距離を詰めようとするのも、私と丁寧《ていねい》にコミュニケーションを積み重ねようという気がないことの表れだ。

何もかもが、煩《わずら》わしい。

部屋のベッドに寝転がって、サイドボードに置かれている新書を手に取った。

『いかにして宇宙は生まれたのか』

読書部の部長から、借りた本だった。

表紙を指で撫でて、それから、本を抱きかかえるようにして丸くなる。

私は、私の宇宙の中で生きている。誰にも、侵《おか》させない。

そうすれば、私は、誰にも失望しなくて済むから。お母さんの面倒を見ながらそれなりに安定した人生を送って、お母さんの最期《さいご》を看取《みと》ったら、あとはもうどうでもいい。

誰にも期待しない。誰にも頼らない。他人より下でもいい。

だから。

自分の足で、地面を踏みしめているという自信だけは、失いたくなかった。

私の宇宙は、私だけが形作っていくものなんだと、信じたかった。

そう思っているはずなのに……油断すると、口をつく。

「………ユヅ」

そして、目の奥が熱くなって、涙が零《こぼ》れた。

ぎゅ、と身体を丸めて、震える。

『同じ部活の仲間でしょ？』

何度再生されたかも分からぬ優しい声が、頭の中で響いた。

「やめてよ……」

タオルを差し出してくれた手が。

優しい表情が。

次々と脳裏に浮かび上がるのだ。


『聞くよ。雨がやむまで』

あれから、私の心にはずっと雨が降っている気がした。

雨が降っている間は許されるかもしれないよ、という甘いささやきが、私を惑《まど》わせる。

私は、誰にも、聞いてほしくなんかない。

お節介な部長が、私の宇宙を壊してしまった。

そして、私の宇宙を壊した張本人は、今、もっと大きな宇宙に触れて、心を揺さぶられている。

私なんかに、彼の宇宙に居座る権利はなかった。

「どうしたらいいの……」

毎晩毎晩、同じことを考えている。

どうしたらいいの。

答えの見つからない問いを、繰り返す。

どうしようもないって、分かってる。

階下の音が聞こえないように耳栓をはめて、ベッドの上に丸まったまま、気付けば眠りに落ちて、また、次の日が来る。

家にはお母さんと、知らない男がいて、イヤだった。

学校には、ユヅがいて、甘やかな胸の痛さに喘《あえ》いだ。

私の行き場は、どこにもなかった。


『気がかり』が生まれたのは、ひょんなことからだった。

新しい男が家に来るようになってから数日経《た》ったある日。夕飯の食材を買いに出ようと玄関で靴を履《は》いていたところに、ちょうど、男が家にやってきた。

「やあ、こんばんは」

「……どうも」

「お母さん、いる？」

「いないわけなくないですか」

「はは、そうだよね」

不愛想な私の返事にも、男は柔和な表情で返した。

「買い物行ってきます」

「いつもありがとう」

「いえ」

靴を履き終え、玄関を出ようと、男とすれ違った瞬間。

甘い、匂《にお》いがした。

まったりと甘く、鼻の奥にこびりつくような、香水の芳香。

思わず振り返る。

「うん？」

男は首を傾《かし》げて、私を見た。

「……いえ、なんでも」

早足で家を出る。

小綺麗な男だ。香水を使っていてもおかしくはないと思った。

でも、引っ掛かった。どうしても、あの香りが、「男のつけるような香水の匂い」とは思えなかったのだ。

焦燥《しょうそう》が、加速する。

どうせ今回も、お母さんは捨てられる。そんな諦《あきら》めが確かにあったはずなのに、その綻《ほころ》びを自分が見つけてしまったのかもしれないと分かった途端に、動悸《どうき》がした。


寝苦しい夜。

深夜にぱちりと目が覚めた。

寝直そうかと目を瞑《つぶ》ったけれど、なんだか、下腹部が落ち着かない。尿意を催していた。

「……はぁ、だる」

生理現象には逆らえなかった。部屋を出て、階段を下りる。

一階に降りて、トイレに向かう途中で、お母さんの寝室から聞こえてくる物音を耳が捉《とら》えた。

「…………最悪」

ぎしぎしとベッドの軋《きし》む音と、荒い吐息《といき》。

今日に限って、耳栓をつけて寝るのを忘れていたから、そのまま降りてきてしまった。

そそくさとトイレを済ませ、私はまた自室に戻るべく階段へと足をかける。

しかし、すぐに、喉《のど》がからからなことに気が付いた。湿度の高い時季は、喉が渇《かわ》いて仕方がない。

舌打ちをして、リビングに戻る。

リビングと一体になったキッチンで、コップ一杯の水を汲《く》んで。ごくごくと飲む。

コップを流しに置き、す、と鼻から息を吐いたタイミングで。ガチャ、とお母さんの寝室のドアが開く音が聞こえた。

身体が硬直してしまう。咄嗟《とっさ》に隠れようとしたけれど、リビングに隠れられる場所などない。

急いで自室に逃げ帰ろうにも、身体は動揺して動いてくれなかった。

すぐに、トランクスだけを穿《は》いた姿で、男が現れた。

「あれ、起きちゃったの」

男は驚いたように私を見つめた。

「……すいません」

「ああ、いや……謝ることはないけど。もしかしてうるさかった？」

その問いに、顔をしかめそうになる。

それは自分たちの行為の音が子供に聞こえているかもしれないという自覚があるのに、悪びれた様子もない。

つくづく、価値観が合わないと思った。

「もう戻るので」

コップを流しに置いて、男のわきをすり抜ける。

しかし、階段を数段上ったところで、足が止まった。

「あの……」

「え?」

同じく水を飲みに来たのであろう男は、新しく取り出したコップに水を注いでいた。

私の方を向いて、間抜けな顔をしている。

「どうでもいいこと訊《き》いていいですか」

私が言うと、男の顔がほころぶ。

「もちろん。なんでも聞いて」

嬉しそうな顔をするな、と、脳内で吐き捨てる。

私が心を許したとでも思ったのだろうか。歩み寄ってくれたことが喜ばしい、とでも言いたげな表情を浮かべられて、私は不快な気持ちになる。

訊きたいことは、一つだった。

「その……香水とかって、使ってますか」

私が訊くと、男はきょとんとしてから、何を思ったか、腕を上げて、スン、と自分の腋《わき》の匂いを嗅《か》いだ。

「いやぁ、はは……僕、あんまりそういうのには疎《うと》くて。匂いのオシャレ？　みたいな？　もしかして臭《くさ》かったかな。加齢臭する男とかイヤだよな」

「いえ、興味本位です。すいません。おやすみなさい」

早口で言ってから、階段を駆け上る。

心臓が早鐘のように鳴っていた。

香水は使っていないと言う。じゃあ、やっぱり、あの匂いは……。

ばたん！　と自室のドアを閉めて。

そのままずるずるとドアに背中を預けて、座り込んだ。

「だから言ったじゃん……」

今頃ベッドで満足げに横たわっているであろうお母さんのことを考えて、やるせなくなった。

「最悪………最悪………ッ！」

悔しくて、涙が出た。

やっぱり、遊ばれているだけなんだ。

その事実を認識した途端に、胸の中に深い悲しみと……怒りが生まれてくるのが分かった。

そして、ふと、ある考えが脳裏を過《よぎ》る。

あの日、男は夕方ごろに、女の匂いをさせながら帰ってきた。

お母さんはあの人のことを「きちんとした仕事をしていて、キャリアもある」と言っていたが、あれだけ香水の匂いがつくほど女の人と密着していたということは、明らかに『仕事をして帰ってきた』とは思えない。

仕事をしている、という点も嘘であったなら。

彼は、お母さんに対して、『すべてにおいて』嘘をついているということになる。

そんなのは、許せなかった。

「………確かめよう」

私は小さな決心を胸に、ベッドに潜《もぐ》り込んだ。

EP.06

6章

YOU ARE MY REGRET...

A story of love and dialogue between a boy and a girl with regrets.

「小田島《おだじま》。…………小田島ー？　あん？　いねえのか。連絡来てねぇな。遅刻か」

朝のホームルーム。

平和《ひらかず》のやる気のない点呼を聞きながら、僕は胃のあたりが冷えるような感覚に陥《おちい》っていた。

連絡なしに欠席、もしくは遅刻。

薫《かおる》は軽く校則を破ることはあっても、こんな風に欠席をしたことは一度もなかった。

いよいよ、心配が加速する。

家で何かあったんじゃないのか。

そんなことを考えると、気が気でない。

そわそわとしながらホームルームを終え、一限までの間の小休憩でトイレに駆け込み、薫にメッセージを送った。

「どうしたの？　大丈夫？」

数分待ってみても、既読はつかなかった。

「何か困ってるなら、話してほしい。手伝えることがあったら言ってほしい」

簡潔にメッセージを残して、教室に戻る。

焦《あせ》る気持ちがあっても、僕にできることはそれくらいしかなかった。

落ち着かない気持ちで午前の授業を受ける。

機械的に板書《ばんしょ》をノートに写すことはできても、問題を解く時間になると身が入らなかった。

運悪く先生に当てられて、僕が「分かりません」と答えると、先生は訝《いぶか》しげに僕を見た。

「体調悪いの？」

という問いに対して、僕は曖昧《あいまい》に苦笑を浮かべることしかできなかった。

体調が悪いよりも、もっと、ひどい。

自分ではどうにもできない焦燥感《しょうそうかん》に、囚《とら》われている。

午前の授業が終わる頃になっても、薫は学校に来なかった。

昼休みに入り、もう一度メッセージアプリを開く。

既読はついていない。

もし、午後から学校に来る気があるのだとしたら、もしかしたらもう昼休みのうちに屋上にいるかもしれない。

そう思い立ち、僕は昼食も食べずに、屋上へと向かった。

階段を上り、ガチャリと屋上の扉を開けると。

そこには、フェンスにもたれかかる名越《なごし》先輩がいた。

驚いたように僕を見つめる先輩。その手には、カッターナイフが握られている。

それも、しっかりと刃の出た状態で。

僕が数秒、何も言えずに先輩を見つめていると。

すぐに、名越先輩はいつものように柔和《にゅうわ》な微笑みを浮かべた。カチカチ、と音を立てて、カッターの刃をしまう。

「もう一人になりたくなっちゃったわけ？」

先輩が言う。やれやれ、という口調だった。

階段を駆け上がってきたばかりの僕は、荒い息を整えながら、口を開く。

「あの……先輩……ここに」

「来てないよ、小田島は」

「えっ」

「あたし朝からずっといたけど、誰も来てない」

僕の問いに先回りするように、名越先輩は答えた。

朝からずっといた、という言葉に引っかかる。

「授業……サボったんですか」

「んー、まあね。気分じゃなかったから」

「……そう、ですか」

相変わらず心境の読めない先輩だと思った。授業をサボるつもりなら、どうして学校に来ているのだろう、という疑問が浮かぶ。

しかし、そんなことを口にする余裕はない。一瞬生まれた疑問も、薫のことで押し流されていく。

「あの、最近毎日、薫とここで話してたんですよね」

僕が問うと、先輩は緩《ゆる》く首を縦《たて》に振る。

「んー、まあ。話してるってか、あたしが一方的に話しかけてるだけだった気もするけど」

「薫、何か言ってませんでしたか？　何か悩んでることがあるとか」

重ねて訊《き》くと、先輩はわざとらしく鼻を鳴らした。

「まだ首突っ込もうとしてるわけだ」

名越先輩はカッターナイフをワイシャツの胸ポケットにするりと入れた。

そして、ゆっくりと僕に近づいてくる。

その物腰にはどこか迫力があって、僕は無意識に後ずさりしそうになり、それをこらえた。

「どうしてそこまでするわけ？　小田島に惚《ほ》れてんの？」

「そうじゃないです」

「じゃあ、なんで？」

おもむろに僕の前まで歩いてきて、立ち止まる名越先輩。

口元は微笑んでいるけれど、その目は冷たい光を宿していた。身長の高い先輩は、無遠慮に僕を見下ろしてくる。

威圧的な眼差《まなざ》しで、僕の言葉を待っていた。

身体中に緊張が走るのが分かる。

それでも、言うことが変わるわけじゃない。

「同じ部活の仲間だからです」

僕がはっきりとそう告げると、名越先輩は口元を綻《ほころ》ばせる。

「ふふ、部活って。キミしかまともに活動してないんじゃないの？」

「それでも、です」

「へー。じゃあ、もしあたしが何か悩んでて、キミに『たすけて～』って泣きついたら、助けてくれるわけ」

目を細め、僕の瞳を覗《のぞ》き込むように前かがみになる名越先輩。

彼女の髪が揺れると、柑橘《かんきつ》系の甘い香りが鼻孔《びこう》をかすめた。

試されているような、気がした。

「できることなら、したいです」

「あ、そう」

怖気《おじけ》づかぬよう両足にグッと力を入れながら答えると、先輩は一瞬糸のように目を細めて僕を睨《にら》んだ。

そして、胸ポケットから、カッターナイフを取り出して、僕に差し出す。

え？　と、カッターナイフと彼女を見比べる。

あっけらかんと、先輩は言った。

「じゃあ、さ……このナイフで、あたしのこと切ってよ」

「…………へ？」

「どこでもいいからさ。ざくっとやってよ」

どこか愉《たの》しむような口調でそんなことを言う先輩に、僕は困惑《こんわく》する。

何を考えているのか、さっぱりだった。

「な、なんでそんなこと」

「困ってるからだよ。できない？」

「で、できません」

「部員の頼みなのに？　なんで？」

「だって、そんなの……」

「『名越先輩のためにならない』なんて、言うんじゃないだろうな」

そう言う先輩の声は険しかった。それでも、彼女の表情には薄い微笑みが張り付いている。

「そういうの、独りよがりって言うんじゃないの。助けたいって言っておいて、本人の求めることには耳を貸さないわけだ」

「………」

僕は黙ってしまう。

名越先輩の言っていることは詭弁《きべん》だと思った。でも、上手《うま》く返す言葉が浮かばない。

「小田島はさ、全身から『放っておいて』のサインを出してるじゃん。それがあいつの求めてることなんじゃないの。キミはそれを踏み越えて、一体何をしようっていうわけ」

そんなことは、僕にも分かっていた。

でも……放っておいてほしい、が、彼女の本心とは、とうてい思えなかったから、こうして駆けずり回っているのだ。

そして、それは、目の前の先輩も、同じことだ。

「……想像するんです」

「ん？」

僕が言うと、先輩はこくんと首を傾《かし》げた。

「言葉にならない……想いのことを」

先輩の目を見て、言う。彼女の瞳が一瞬、揺れた。

その隙を逃すまいと、言葉を続ける。

「名越先輩はどうして、カッターナイフを持ち歩いてるんですか」

「……それ今関係ある？」

「それで切ってくれって頼んだじゃないですか」

先ほどまでは一方的に僕が言葉で責められている感覚があって、漠然《ばくぜん》と焦っていた。

でも、今はなんだか、気持ちがすうっと凪《な》いでいるのを感じる。

次に質《ただ》すべきことが、自《おの》ずと浮かんできた。

「夏なのに、長袖《ながそで》なんて着て」

僕が言うと、名越先輩の視線が自然と、彼女の左の上腕に落ちた。

やっぱり、と、思う。

僕は、少し申し訳ない気持ちになりながらも、ガッ、と、彼女の視線の先を、右手で摑んだ。

「痛っ……」

先輩が痛みに表情を歪《ゆが》ませる。

僕の手の平には、はっきりと、彼女のシャツの下に巻かれている〝包帯〟の感触が、伝わってきていた。

視線を上げ、先輩の目を見つめる。

たじろいだように、彼女の視線がちらちらと動いた。

「……痛いのは好きって言ってましたよね。生きてる感じがするから」

「…………浅田《あさだ》」

「あなたは、自分を傷付けることで、どういう気持ちになっているんですか。教えてください。その気持ちが本当にあなたを救うなら、僕はあなたをカッターで切りつけてもいい。でも、そうは思えないから、できないと言ってるんです」

僕の言葉に、名越先輩は小さく舌打ちをしてから、片方だけ口角を上げた。

きっとその表情は、彼女のクセなのだろう。感情を読まれまいと、そうしているのだ。

「…………生意気だな、キミは」

「誰にでも、言葉にならない想いがあるんです。僕にもありました。ずっと気付けずにいたその気持ちを……」

言いながら、薫の顔が、脳内に思い起こされていた。

自分のために涙を流してくれた、彼女の顔が。


『なんで、なんで……駄々こねなかったんだよ！』


……そういう君だって、ひとつも、駄々をこねたりしないじゃないか。

「そういう気持ちを、気付かせてくれた……大切な友達が、薫なんです。だから……」

ぐっ、と、目に力が入った。

先輩は口を半開きにしたまま、数秒僕の両の目を見つめる。

そして、顔を伏せて、ため息をつく。

それから、ゆるゆると首を横に振り、カッターを胸ポケットにしまった。

「キミは…………厄介な少年だね」

名越先輩はそう言って、つかつかと元いた場所まで引き返していく。そして、ゆっくりと、フェンスにもたれかかった。

「君みたいなのに気にかけられたら、小田島もたまったもんじゃないな」

「嫌がってるのは知ってます。それでも」

「もうそれは分かったって。勝手にしたらいいじゃん」

先輩は鬱陶《うっとう》しそうに苦笑しながら、ひらひらと手を振った。

「未熟な少年にお説教かましたろ、と思ったら……とんだしっぺ返しを受けて、名越先輩はへコんでしまいましたよ」

冗談めかしてそう言い、彼女は僕を横目に見る。

そして、口ずさむように言った。

「『家のことで、ちょっと』」

「え?」

「って、言ってたよ。露骨に元気ない日があったからさ、『どしたん、話きこか?』ってつついてみたんよ。そしたら、それだけ答えて、あとはだんまり」

先輩はこく、と首を横に倒して、僕に流し目を送る。

「参考になりましたか? ヒーロー君?」

小馬鹿にするような口調。それでも、僕にとってその情報がとても重要だということを彼女は理解して、その上で話してくれたのだ。

「……! ありがとうございます!」

僕が深く頭を下げるのを見て、先輩はしっしっ、と手を振る。

「んじゃ、さっさと行きな。今日は昼メシあげないよ」

「あ、先輩……」

今すぐにでも屋上を飛び出したい思いだったけれど、僕は一つやらなければならないことを思い出し、名越先輩に駆け寄った。

彼女は目を丸くしながら、僕を見た。

状況が分からずに硬直している先輩の胸ポケットから、するりとカッターを抜く。

そして、僕のシャツの胸ポケットにしまった。

先輩は珍しく狼狽《うろた》えた様子で、僕とカッターナイフの間で視線を行ったり来たりさせていた。

「……これ、借ります」

僕がはっきりと言うと、先輩はぽかんと口を開けた。

「へ？」

「いつか返します。それじゃ」

言うことだけ言って、僕が踵《きびす》を返すと、背後から「ったく……」と苦笑を漏《も》らす声が聞こえた。

「おーい、浅田」

屋上から去ろうとした僕に、先輩が声をかけてくる。

振り返ると、先輩は片方の口角をニッ、と上げながら、ひらひらと手を振って、言った。

「明日までに返さなかったら、新しいの買うからな」

わざとらしい笑みを浮かべてそう言う名越先輩。

しかし、その言葉に冗談の響きはなかった。

僕はごくりと唾《つば》を飲み込んでから、頷く。

「そしたら……それもまた、借ります」

そう答えると、先輩は数秒きょとんとしてから。

「あはは」

噴き出した。

「キミは……本当に厄介な少年だな」

そう言って笑う名越先輩は、楽しそうでもあり、同時に……どこか寂《さび》しそうだった。

×　　×　　×

午後になっても、薫は来なかった。

授業を終えてすぐに職員室に行く。

「お？　なんだどうした」

向かったのは、担任教師の小笠原《おがさわら》平和の机だった。

平和は訝《いぶか》しげに僕を横目に見ながら、傾けていたコーヒーカップを机の上に置く。

「あの……………か、小田島から何か連絡ありましたか？」

僕が訊くと平和は「ああ……」と低い声を漏らしてから、かぶりを振る。

「なぁんにも。そういうのって、生徒同士の方が盛んなんじゃねぇの？　ほら、メッセ？　とかでなんか聞いてないのか」

呑気《のんき》な様子でそんなことを言う平和に、イラつく。

「聞いてたらわざわざ平《ひら》センに訊きに来たりしないですよ」

苛立《いらだ》ちを隠しもせずに僕がそう言うと、平和は「おーこわ」と呟いてから、肩をすくめた。

「まあ、それもそうか。つっても、無断で学校サボるくらい、年頃のガキなら普通なんじゃねぇの？」

「教師の台詞《せりふ》とは思えない……」

「いーや、教師としての台詞でしかないね。逆に一日休んだくらいでいちいち担任からしつこく電話かかってきたら鬱陶しいだろ」

平和の言うことも分からないではなかったが、今は彼のそんな悠長な意見が聞きたくてここまで来たわけではなかった。

歯がゆさを覚えながら拳を握り締める。

とはいえ、彼が何も知らないというのなら、本当にそうなのだろう。嘘を言っている様子もなかった。

「もし何か連絡あったら、教えてください」

僕がそう言うと、平和は片眉を上げて僕を見る。

「なんでお前に教えないといけないんだよ」

「心配だからです」

僕が答えると、平和は鼻を鳴らす。

「お前、小田島に惚れてんのか？」

その言葉で、苛立ちが最高潮に達した。

「そういうふざけた話をしてるんじゃないんですよ!!」

僕が叫ぶように言うと、職員室がしん、と静まり返った。

教師や、何かを提出しに来ていた生徒たちの視線が僕と平和に集まった。

平和はバツが悪そうに声を潜《ひそ》めた。

「馬鹿、でけぇ声出すなや」

「平センが適当なことばっかり言うからでしょ」

「馬鹿野郎、こっちだって真面目《まじめ》に言ってんだ」

どこが真面目だ、と思いながら、僕が顔をしかめると、平和は観念したように手をひらひらと振る。

「分かった分かった。連絡あったらお前にも言うから。とりあえず今日は帰って頭冷やせよ」

「……失礼します」

一応頭を下げて、職員室を出る。

早足で部室に行き、スクールバッグからスマートフォンを取り出す。

メッセージアプリを起動してみても、やはり、僕の送ったメッセージには既読はついていなかった。

気づいていないのか、それとも、無視されているのか。

どちらにしても、気が重くなった。

部室のソファに寝転がりながら、考えを巡らせる。

やっぱり、名越先輩から聞いた話を加味しても、彼女の家庭で何かが起きているとしか考えれらなかった。

薫の家は、僕の家と最寄《もよ》り駅が同じということだけは知っていたけれど、彼女の家の場所まで知っているわけではなく……直接行くのは難しい。

もし明日彼女が学校に来たら、必ず、強引にでも、話を聞かせてもらおう。

そう決意した。

けれど……。

次の日も、その次の日も。

薫は、学校に来なかった。

EP.07

〔7章〕

YOU ARE MY REGRET...

A story of love and dialogue between a boy and a girl with regrets.

薫《かおる》が学校に来なくなって、三日が経《た》った。

朝のホームルームが始まる直前に、僕はゆっくりと後ろの席を振り返る。

今日も、空席だ。

「えー、小田島《おだじま》は今日も休み、と……そろそろ俺の方で親御さんに連絡しとくから、お前らは心配すんな～」

平和《ひらかず》はそう言いながら、細い目で僕を見た。

教卓前に座っている壮亮《そうすけ》も、こちらを振り返り視線を送ってきた。

僕は顔を伏せ、ため息をつく。

ホームルームは続いたけれど、平和の言葉は耳から耳へと抜けていって、全然頭に入らなかった。

あっという間にホームルームが終わり、今度は午前の授業が進んでいく。

薫がいないだけで、僕にとっての学校は、なんだか違う場所のように思えていた。

話せる友達が他にいないわけじゃない。薫がいなくても、学校生活に支障はなかった。

でも、支障がないからこそ、ぽっかりと穴が開いたような気持ちになるのだった。

しようもないことで椅子を蹴られ、振り向くと薫がいて、他愛のない会話をする。

そんな日常が、当たり前だった。

身が入らないまま、午前の授業が終わる。

昼休みに入った途端に、壮亮が僕の席の前にやってきた。

「小田島……大丈夫かな。あいつちょっとワルぶってたけど、なんだかんだで学校はちゃんと来てたよな」

いつもは笑みを絶やさない壮亮も、今回ばかりは神妙な表情をしている。

「うん……僕も、心配だ」

僕が静かに頷《うなず》くのを見て、壮亮は何も言わずに、ゆっくりと息を吐いた。

それから、数秒の沈黙の末、彼が「あ」と声を漏《も》らす。

「そうだ、お前最寄《もよ》り駅、小田島と一緒なんじゃなかったっけ？」

突然訊《き》かれて、僕はきょとんとする。

「一緒だけど……」

それが？　というふうに首を傾《かし》げると、壮亮は机に身体を乗り出しながら言った。

「じゃあ、休んでた日の分のプリント届けてやって、ついでに様子見てきたら？」

壮亮の意見に、僕はぱちくりと瞬《まばた》きを繰り返した。

確かに家は近いんだろうが……それだけだ。

でも、彼の発想は、僕の考えにはまったくないものだった。

「え、いや、でも……家の場所までは知らないよ……」

僕がそう答えると、壮亮は「あー？」と唸《うな》ってから、自明のように言った。

「そんなん、平《ひら》センに訊きゃいいじゃん。プリント届けるって言ったら、普通に教えてくれるだろ」

脳天に雷が落ちたような気がした。

どうしてそんなことが思いつかなかったのか。

「…………そうか。そうか！」

僕は何度も頷いてから、勢いよく立ち上がる。そして、壮亮に頭を下げた。

教室を飛び出そうとする僕の腕を、壮亮が摑んだ。

「おいおいおい！」

「なんだよ」

「ホームルーム聞いてたか？　平セン、今日は午後まで外で用事があるから、用があるヤツは放課後に来いって言ってただろ」

「あ、ああ……そっか」

僕は出端《ではな》を挫《くじ》かれて、とぼとぼと席に戻る。

そういえば、そんなことを言っていたような気もする。今日のホームルームの内容を、全然頭に入れてなかったせいだ。

壮亮は僕をまじまじと見つめながら、苦笑を漏らす。

「お前……水野《みずの》さんのこと好きなんじゃねぇの？」

「それとこれとは、別だよ。薫は……大切な友達なんだ」

そう答えると、壮亮はなんとも言えない表情をする。

「そうか。友達か……」

壮亮は何度か頷く。

「まあ、放課後になったら、平センのとこ行ってみろよ」

それだけ言って、壮亮は自席へと戻っていった。

……そう、大切な友達。

薫がいない数日を経《へ》て、強く実感した。後ろに彼女がいないのは、寂《さび》しかった。

放課後になったら、平和のところに行って、プリントを届けると言おう。そして、薫の家に行って、彼女と話をしよう。

そう決めた。

×　×　×

あっという間に、放課後になった。

僕はバッグも持たずに、教室を出る。

早いところ、平和に薫の住所を訊かなくてはならない。

早足で歩きながら、ふと廊下の窓の外を見た。

窓から見える空は、分厚い雲で覆《おお》われていた。雨が降ってもおかしくない薄暗さだ。

職員室に向かうべく廊下を歩いていると、僕の前に、ふらりと、見知った女子生徒が現れた。

思わず、目を瞬《またた》かせる。

「…………薫」

名前を呼ぶと、薫はぶすっとした表情で、親指を立てて、階段の方を指した。

ついてこい、という意味だった。

なんでこんな時間に来たの。

今まで学校を休んで何をしていたの。

訊きたいことはいくらでもあったけれど、ひとまず、僕はこくりと頷いて、彼女の後に続く。

薫が向かったのは、屋上だった。

無言で階段を上り、屋上へ出る。

見回しても、名越《なごし》先輩はいなかった。

何も言わずにすたすたと僕の前を歩いていた薫が、ようやく、こちらへ向き直った。

こらえきれず、口を開く。

「薫。メッセージ送ったのに。何日も学校休んで、一体どうし……」

「これ」

早口でまくしたてる僕の言葉を遮《さえぎ》って、薫は一枚の封筒を結弦《ゆづる》に突き出した。

「平センに渡しといて」

僕の目の前に差し出された封筒に、目を落とす。

そして、心臓がどくりと跳ねた。

封筒には……丸文字で『退部届』と書いてあった。

「……………なんで」

力なく呟《つぶや》くと、薫の眉が一瞬ぴくりと動いた。しかしすぐに真顔に戻って、言う。

「別に。ダルくなっただけ」

「そんなの、嘘だ」

「嘘じゃない。帰って家事とかしないといけないし」

家事、という言葉に、引っ掛かる。

「本当は、家のことで、何か困ってるんじゃないの？」

僕が言うと、薫の表情が露骨に強張《こわば》った。

それを見て、確信する。

やっぱり、彼女の家庭で何かが起きているのだ。

「ねえ、何か悩んでるなら、話してよ」

「悩んでなんかない」

「じゃあなんで、部活にも、学校にも来ないんだよ！　毎日来るって言ったと思ったら、今度はまったく来なくなって、理由もないのにそんなのおかしいでしょ！」

僕が語気を強くすると、薫はこらえるようにぐっと口を噤《つぐ》み、すぐに冷たい声で言った。

「気が変わっただけ。いや、あの時のあたしの気が変わってただけ、ってことかも。ユヅと藍《あ》衣《い》を見て、なんかあたしも盛り上がっちゃったんだよ。それだけ」

その、まるで用意してきたような言葉に、腹が立った。

「嘘つくなッ！」

気が付けば、叫んでいた。薫がひるんだように身を引く。

気持ちを誤魔化されていることに対する怒りと、悲しみが、同時に胸で渦巻く。

「そんな顔で……嘘つくなよ」

ゴロゴロ、と空から音が聞こえてくる。

薫の表情が、グッと苦しそうなものに変わる。

「じゃ、渡したからね。ちゃんと平センに出しといて」

薫が僕の横をすり抜けて屋上を後にしようとするのを、腕を掴んで止めた。

「待って」

「放して」

「嫌だ」

「放してよッ！」

薫は強引に僕の手を振りほどいて、こちらを睨《にら》みつける。

「ほっておいてって言ってるの、分からない!?」

「分かってるよ、それでも、放っておけるような顔してないから心配してるんでしょ」

「心配してくれって頼んだ!?　今のあんたは藍衣のことでいっぱいいっぱいでしょ。あたしのことなんてほっといて、自分のことに専念しなよ」

「藍衣は関係ない。君は……」

「同じ部活の仲間？　でももう違う。あたしは部活やめたんだから」

「まだやめてない。受理されてないんだから」

「屁理屈言わないでよ。どのみち、もう行く気ないし」

胸が痛かった。

どうして、そんなことを言うんだ。

本気でそんなことを思っているんだとしたら、どうして君も、そんなにつらそうな顔をしているんだ。

やるせなかった。

「なんでだよ………どうして、何も言ってくれないんだよ」

声が震える。

薫の瞳が揺れた。僕の両の目を交互に見ながら、薫の表情が強張る。

そんな顔を、しないでくれ。

「僕は……君の助けに、なりたくて」

「だから、助けてなんて言ってな……」

「言えないだけだろッ！」

僕が吼《ほ》えると、薫は言葉を途切らす。

僕は、突き付けるように言った。止まらなかった。

「言うと君の『宇宙』が壊れるから、そうやって黙って逃げようとしてるんだろ！」

僕がそう言うと、薫の目が大きく見開かれた。

そして、みるみるうちに、その瞳の中に怒りの色が燃え上がる。

「なんだよそれ……」

震える唇を、薫が開く。

「そんなの………そんなの、もうとっくに、壊れてるんだよッ!!!」

薫が怒号するのと同時に、どこかで雷が落ちた。轟音が響く。

続いて、ぱらぱらと雨が降りだした。

僕は、目を見開いたまま、薫を見ていた。今にも泣きだしそうな薫を。

薫がダン！　と大きな音を立てて、僕の方へ足を踏み出す。そして、怒りに任せるように、僕の胸倉に掴みかかった。勢いに押されて、喉《のど》が高い音を鳴らす。

「あんたが……あんたが壊したんでしょうが!!」

薫は僕を本気で睨みつけながら叫ぶ。

「ああ、そんなに聞きたいなら言ってあげる！　また別の男が家に来てるんだよ！　いつものことだけどお母さんは『今回は本気なの』とか言って、その男と結婚しようと思ってる！　でも、その男には多分他に女がいて、お母さんは絶対に幸せになれないって私には分かってて、だからなんとかしてあいつを家から追い出そうと頑張ってるんじゃん!!」

薫が僕の身体をがんがんと揺すりながら言葉を叩きつける。

「言ったけど!?　言って……言ってどうなるわけ!?」

薫の叫びが、僕の身体を直接びりびりと震動させるようだった。

雨脚が強くなってきて、雨粒がびたびたと屋上を叩いている。

頭が冷たくなってくる。そして、どうしてか、身体の表面よりも先に、内臓が冷えてゆくような感覚があった。

「言ったら、あたしの家のことをあんたが解決してくれんの!?　お母さんのこと、幸せにしてくれんの!?　できないじゃん!!」

薫が僕を揺さぶりながら、そう叫び続ける。

僕は……何も言えなかった。

僕の襟《えり》から手を放した薫の目は、真っ赤になっている。でも、その頬を伝う雫《しずく》が、涙なのか、雨粒なのか、僕には分からなかった。

「なんにもできないくせに……優しい顔しないでよッ!!」

薫が激情に任せて吼える。

もう一度、雷がどこかで、落ちた。

「そうやって手を差し伸べて……これ以上、私の宇宙を壊さないでよ……」

最後は力なく言って、薫は震えながら僕を睨みつけた。

それからハッとしたように息を吸って。

ダッ、と、薫は駆け出した。

乱暴に屋上のドアを開けて、飛び出していく薫を、僕は追いかけない。身体が、動かなかった。

その場で、呆然と立ち尽くす。

彼女の言う通りだった。

少しでも彼女の気持ちが軽くなるなら、話してほしい。そんな気持ちだったけれど……結局、僕にはどうすることもできない。

解決が難しい問題について悩んでいる薫にとって、ただ優しい言葉をかけるだけの存在など、なんの役にも立たないのだと。

それが、分かった。

雨粒が、激しく僕の頬を叩く。

雷が鳴った。

僕は、無力感を噛み締めるようにその場に佇《たたず》んで、土砂降りの雨を全身に浴び続けていた。

×　×　×

階段を駆け下りながら、嗚咽《おえつ》を噛み殺す。

自分の吐き出した言葉が、すべて八つ当たりのようなものだと、分かっていた。

それでも、言わずにはいられなかった。

結弦《ゆづる》が、私の中の『宇宙』のことを見透かしていたことが、恥ずかしかった。

結弦の優しい言葉に触れていると、温かかった。

リスクを負わない代わりに自分に課した孤独にそっと寄り添って、溢れ出した寂しさを埋めてくれたのが、結弦だった。

でも、それは、結果的に、自分の宇宙に他人を招き入れたことにほかならない。

私は、結局、自分の宇宙を守れなかった。

そして、そのことによって、苦しんでいる。

こんなことになるなら、最初から拒絶しておけばよかった。

あんな言葉で結弦のことを傷付けなければならなくなるなら、最初から、関わらなければ良かった。

後悔の念ばかりが、胸を渦巻く。

屋上階から四階へ、階段を下りたところで。

「薫ちゃん？」

なんとタイミングの悪いことか。

藍衣が目を丸くして、私の前に立っていた。

「……藍衣」

「結弦と一緒じゃなかったの？」

藍衣は小鳥のように首を傾《かし》げる。さらりと揺れる黒髪が、あまりに浮世離れしていて、私は目を細めた。

「なんで」

「四階歩いてたら、二人が屋上にいるのが見えたから。一緒に帰ろうと思って……」

藍衣の言葉に、私は鼻を鳴らす。これが威圧的な態度だと分かっているのに、こらえられなかった。

「あ、そう。じゃあ、二人で帰れば。あたしは一緒には行かない」

「……そうなんだ」

藍衣は少し寂しそうに微笑んで、頷いた。

「気を付けてね」

藍衣は、何も訊かなかった。

訊いてほしかったわけじゃないけれど、何も訊かれないことに彼女の優しさを感じてしまって、みじめだった。

雷の音が、廊下に響く。近くに落ちたのか、校舎が揺れたような気がした。

「雷すごいねぇ」

藍衣が呟くのを聞いて、はっとする。

結弦は、傘を持っていなかった。

この雨じゃあ、全身ずぶ濡れになってしまう。

「藍衣。これ」

私はバッグから折り畳み傘を取り出して、藍衣に渡した。

きょとんとする藍衣。

「え？　傘持ってるよ？」

「結弦に。渡して」

私が言うと、藍衣は数秒折り畳み傘を見つめてから、ゆっくりと首を横に振った。

「自分で渡しなよ」

藍衣のその言葉は、静かだったけれど、妙に力強くて、たじろぐ。

……今さら戻って、傘など渡せるものか、と、思った。

改めて、ぐい、と力を込めて藍衣の胸に傘を押し付ける。

「急いでるから」

そして、早足で藍衣の横を通り過ぎる。

階段を下ろうとするのを、藍衣が呼び止めた。

「薫ちゃん」

無視しようかと迷ったが、結局、足を止めてしまう。

「なに」

振り返って、藍衣の目を見た途端に、心臓がぎゅ、と摑まれたような感覚に陥《おちい》った。

彼女の目は、厳しい光を宿していた。

口元も、いつものように柔和《にゅうわ》な弧を描いてはいない。

真剣な面持《おもも》ちで、藍衣は言った。

「気持ちは、消えないよ。ちゃんと言わなきゃ、ずっと、苦しいよ」

「……ッ」

その、すべてを見透かしたような言葉に、悔しさからか、悲しさからか、急激に涙腺《るいせん》が緩《ゆる》んだ。

涙が零《こぼ》れそうになるのを必死にこらえて、私はまた藍衣に背を向けて、階段を下っていく。

もう、藍衣は私を呼び止めなかった。

×　×　×

時間を忘れて、雨に打たれていた。

いくら雨に打たれても、身体は火照《ほて》っていて、熱かった。なのに、胃のあたりは冷たく、ずきずきと痛むようだった。

ぐるぐると、言語化できぬ感情が胸の中で渦巻いている。

でも、その中から掬《すく》い取れるのは、『無力感』だけだった。

結局、自分は薫の事情に土足で踏み込んで、彼女を苦しめただけだったのだ。

そのことが悔しくて、悲しくて、腹立たしかった。


「結弦」


雨音に紛《まぎ》れて、屋上のドアが開いたことに気が付かなかった。

ゆっくりと振り返ると、そこには藍衣が立っていた。

いつものように、穏やかな笑みをたたえて。

か細い息が漏れる。

今だけは、彼女には会いたくなかった、と、思った。

「…………藍衣」

「ずぶ濡れだよ？　いつも、私のこと叱《しか》るのに」

「…………いいんだ」

「風邪ひいちゃうよ」

藍衣が、ビニール傘を差して、僕の方へ歩み寄る。

頭上で、ザァ、と音が鳴る。そして、頬に打ちつける雨が止まった。

「泣いてるの？」

藍衣が優しい声で訊いた。僕は小さく首を左右に振る。

「泣いてない」

「……泣いてるよ」

藍衣はそう言って、僕の目元に指を当てた。つう、と彼女の指の上を、雫が伝う。

「雨、こんなにあったかくないもん」

「藍衣、ごめん。今日は、放っておいて……」

「ううん」

藍衣は首を静かに横に振った。

じわり、と目の奥が熱くなる。

きっと彼女は、僕に何も訊かずに、それでも、優しい言葉をかけてくれるような気がしていた。

そして今は、今だけは、そういうふうに甘やかされたくなかった。

「藍衣、お願いだから」

「嫌。傘差さないと、濡れちゃうもん」

「濡れたっていいんだ」

僕がみっともなく涙を零しながら言うのを聞いて、藍衣は薄く微笑んだ。

「わかった」

藍衣はそう言うと。

次の瞬間、カシャン、カシャン、と、何かが跳ねるような軽い音がして、再び雨に頬を叩かれる。

「え……？」

顔を上げると、傘を投げ捨ててしまった藍衣が、僕に宣言した。

「結弦が濡れるなら、私も濡れる」

「か、風邪ひいちゃうよ」

「一緒にひこう？」

藍衣はそう言って、にこりと笑った。

「だ、ダメだよ、藍衣……」

僕は慌《あわ》てて傘を拾おうと一歩足を進める。

しかし、それと同時に藍衣が僕の腕をぐい、と引いた。

あっという間に、身体を引き寄せられる。

そして、次の瞬間、僕の身体は温かい何かに包まれた。

何が起こったのか分からずに、僕はただただ、目を見開いている。

僕の頭の真横に、藍衣の頭があるのが分かる。足元を見ると、彼女は踵《かかと》を上げて、背伸びをしていた。

抱きしめられているのだ。

「ねえ、私の身体、あったかいでしょ?」

藍衣が、僕を抱きしめたまま言った。

「…………うん」

小さな声で答えると、藍衣は僕の身体にまわした腕の力を強めた。

少し、苦しい。でも、彼女の体温が伝わってきて、温かかった。

「ぎゅ、って抱きしめられると……安心するでしょ?」

「…………そうかもしれない」

藍衣の熱い吐息《といき》が、僕の耳にかかる。

囁《ささや》くように、藍衣が言った。

「私も、同じだよ」

藍衣の穏やかな言葉は、僕の身体に直接流れ込んでくるようだった。

「結弦を抱きしめると、あったかいなぁ、って思うの。結弦のことぎゅっ、てすると……安心する。君がここにいるって、分かるから」

そう言って、藍衣は僕からゆっくりと身体を離した。

そして、控えめな視線で僕を見つめ、その頬を撫でた。

「でも……離れると、ちょっと寒いね」

藍衣はくすりと、笑った。

「結弦は、きっと……自分のしたこと、自分のしてもらったこと……そのすべてを、言葉で噛み締めて、いっぱい、いろんなこと考えて……それで、苦しんでるんだよね？」

藍衣は僕の目を見つめたまま、優しい声色で、続ける。

「結弦の言葉はいつも、相手に寄り添おうとしてて、優しくて……私は、そんな結弦の言葉が、大好き」

藍衣の手が、何度も何度も、僕の頬を撫でる。温かかった。

藍衣に触れられる部分が熱を帯びて、それから、自分の身体の熱さに気が付く。心臓が血液を送り出して、それが身体中を巡っていることを意識した。

胃の冷たさが、引いていく。でも、今度は心臓が痛かった。

藍衣の優しい言葉に安らぐ心と、それを許さない自分の心が、せめぎ合っている。

「みんな、きっと、同じ。君からもらった言葉の温かさのことを、考えてる。それで……その言葉を失うことが怖くなる人も、きっといる」

「…………それは」

そこまで言われて、僕はようやく、藍衣が何の話をしているのかを理解した。

きっと……薫のことだ。

「みんな、結弦みたいにうまく言葉にできる人ばっかりじゃないんだよ。私もそう。だから……すべての言葉を受け止めて、そんなふうに泣かないで？」

藍衣はそう言って、もう一度、僕を抱きしめた。

そして、ため息を漏らすように言う。

「……あったかい」

その言葉に、僕の涙腺は再び緩んだ。

彼女の言葉通りの感覚が、身体中で主張していた。

温かい。

「…………うん、僕も。あったかい」

僕が素直にそう返すと、藍衣はくすりと身体を揺する。

「えへへ。そうでしょ」

「うん」

「忘れないでね……抱きしめ合ったら、二人とも、あったかいってこと」

「……うん」

「結弦の言葉はあったかくて……いつでも、誰かの心を温めてるって、忘れないで」

「…………うん」

涙声で頷いて、僕はそっと、藍衣から身体を離した。

藍衣を見つめる。

僕の顔を見て、藍衣はどこか嬉しそうに微笑んだ。

「もう……大丈夫そう」

藍衣の言葉に、僕も頷く。

「うん……もう、大丈夫」

藍衣はもう一度にこりと笑って、それから、バッグから黒い折り畳み傘を取り出した。

そして、それを僕に手渡した。

「これ。渡してって言われた」

僕はその傘を見つめて、頷いた。

誰に？　とは訊かなかった。

「行ってくる」

「うん」

僕は早足で屋上に落ちているビニール傘を拾って、藍衣に渡した。

「藍衣もすぐに帰って、ちゃんとお風呂に入ってね」

「もちろん。風邪ひいたら結弦に怒られちゃう」

藍衣がそう言って笑うのを見て、僕もようやく、ぎこちなく笑い返すことができた。

そして、ゆっくりと息を吸ってから、屋上を後にする。

もう、迷わない。


「うお、なんだお前。そんなに濡れて職員室入ってくんな。ジャージに着替えろ、ジャージに」

ずぶ濡れで職員室に入ると、平和が迷惑そうに顔をしかめた。

「時間がないので。あの、薫の住所、教えてもらえませんか？」

「あ？　なんだ、ストーカーか？」

「違います。プリント、溜まってるでしょ。僕最寄り駅一緒なんで。届けます」

「そんなこと言って住所知りたいだけなんじゃねぇのか」

平和は疑わしげに僕のことを見た。

しかし、僕はその目を真っ向から見つめ返す。

「違います」

僕がはっきりと言うのを聞いて、平和はため息をついた。

「まあ、そういうことなら、俺も助かるわ。何回電話しても繋がんねぇしよ」

平和はそう言って、棚の中から名簿を取り出し、薫の住所だけをメモした紙を手渡してくれる。

「なんかあったら言え」

「はい。ありがとうございます」

メモを受け取って、踵《きびす》を返す。

職員室を出る間際《まぎわ》に、平和が「青春だねぇ」と言う声が、聞こえた。

EP.08

8章

YOU ARE MY REGRET...

A story of love and
dialogue between
a boy and a girl with
regrets.

小さな折り畳み傘を差しながら、自分の家の最寄《もよ》り駅前の道を歩いている。

でも今日は、帰路ではなかった。

部活をしないで帰ったのは久しぶりなので、まだ周囲は明るい。

それでも、空の全面を覆《おお》いつくしている雨雲が、辺りをどんよりと薄暗い雰囲気にさせていた。

以前は、雨が降ると、藍衣《あい》のことばかり思い出していた。彼女が、僕の後悔だったから。

でも、今は大雨が降ると、薫《かおる》のことを思い出す。彼女が部室に駆け込んできた、あの日のことを。

今、彼女に手を差し伸べることができなければ、きっと、彼女との思い出すら後悔にしてしまいそうだと思った。

平和《ひらかず》からもらった薫の住所をスマートフォンのマップアプリに打ち込み、それを頼りに歩いた。

駅から十五分ほど歩いたところに、薫の家はあった。

洋風の造りの、一軒家だった。

僕は一つ深呼吸をして、門のインターホンを鳴らす。

数秒待っても、応答はなかった。

もう一度、鳴らす。

それでも、応答はない。

家に誰もいないのだろうか。そんな考えが頭を過《よぎ》るが、どのみち、ここに薫がいないとなれば探すアテはなかった。

諦《あきら》めずに、何度もインターホンを鳴らした。

四回、五回、と繰り返したところで、インターホンの応答がないまま、玄関の扉がガチャリ、と、音を立てた。

思わず、息を深く吸い込む。

そこから顔を出したのは、スーツを着た、真面目《まじめ》そうな男性だった。

「……何か?」

男性は訝《いぶか》しげに僕のことを見た。

知らない男性が出てきて、激しく緊張するのを感じた。けれど、こんなところでひるんでいる場合ではない。

勇気を振り絞って、声を出す。

「あの、僕、小田島《おだじま》薫さんのクラスメイトで……彼女、学校を何日も休んでたので、その分の

「プリントを届けに来たんですけど……」

僕が言うと、男性はドアの向こうを振り返るようにして、小さな声で「そうなのか？」と言った。

そこに、薫がいるということが分かって、僕の身体は自分が思うよりもずっと機敏に動いた。

胸の高さほどの鉄製の門を開け、玄関前まで進む。

「あ、ちょっと……！」

面食らっている男性が顔を覗《のぞ》かせた扉の隙間《すきま》から、中を見る。

そこには、目を丸くする薫の姿があった。

そして、その奥には、同じように驚いたように僕を見る女性が。きっと、薫の母親だ。

「薫。プリント届けに来た。あと、傘も、返す」

僕が言うと、薫は小さな声で、漏《も》らす。

「………なんで」

「平《ひら》センに、住所聞いたんだよ。プリント届けてくれって頼まれて」

「なあ、おい」

必死に話す僕の肩を、男性がドンと小突いた。

かなり力が強く、よろめいてしまう。

「勝手に家の中覗き見て、許可も得ずに人んちの娘と話すのは失礼じゃないのかい」

先ほどまでの温厚な様子とは違い、男性は明らかに苛立《いらだ》ちをあらわにしていた。

「す、すみません。でも……」

「でもじゃないんだよ。今僕たちは大事な話をしてるんだ。ほら、プリントと、傘？　だっけ？　預かるから」

取りつく島もなく、僕に向かって手を差し出す男性。全身から、「早く失《う》せろ」というオーラが漂っていた。

でも、それに屈してしまってはここまで来た意味がない。

「あの、本人に渡したいんですけど」

「俺が渡しても一緒だよね？」

「違います」

僕がはっきりと言うと、男性は大きなため息をついて、ドアの奥の薫を見た。

「ほら、早く受け取りなよ」

男性に促されて、薫は数秒戸惑《とまど》ったように動き出せずにいたが、「早く」と男性に急《せ》かされると、ようやくおずおずと靴を履《は》き、玄関から出てくる。

僕はバッグからプリントを取り出し、薫に渡す。

「プリント、学校来ないともっと溜まるよ。そしたら、また渡しに来ないといけなくなる」

僕が言うと、薫は明らかに狼狽《ろうばい》した様子で僕を見た。

「ユヅ……なんで」

「あとこれ。傘」

問答をしている場合じゃない。男性の鋭い視線が僕と薫に向いているのを、肌で感じていた。

薫にぐい、と折り畳み傘を渡す。

「ありがとう、気を遣ってくれて」

「………」

薫はまだ逡巡《しゅんじゅん》しているようで、傘と僕の間で視線を行ったり来たりさせた。

「ねえ、早くしてくれない？」

しびれを切らしたように、男性が言う。

薫は我に返ったように、僕から傘を受け取った。

僕は、目を細めて、男性を見る。

数回の会話だけで、どうしても分かってしまう。

この男性が、薫のことを微塵《みじん》も尊重していないということが。

そして、その事実から、薫のお母さんのことも、おそらくそこまで大切にしていないんだろうということも、想像ができる。

もし薫のお母さんのことを心から愛していて、彼女と共に家庭を築きたいと考えるのであれば……薫のことも同じように大切にするに決まっているのだ。

「あの」

気付けば、口を開いていた。

「薫のお母さんの、恋人の方ですよね？」

僕が訊《き》くと、男の目が細まった。警戒の眼差《まなざ》しだ。

「そうだけど。そっちは何？　薫ちゃんの彼氏？」

「いえ、クラスメイトで……同じ部活の部員です」

「へぇ……薫ちゃん、部活なんて入ってたんだ」

「知らなかったんですね」

「知らないよ。俺には何も話してくれないから」

責めるような視線を薫に向けるスーツの男性。薫はその視線から逃れるように顔を背《そむ》けた。

その様子に、もやもやした。

言葉で薫を抑えつけているように見えてならなかったから。

僕は、語気を強くする。

「どうして何も話してもらえないんだと思いますか?」

「は」

男の表情に険が浮かぶ。その鋭い眼光に一瞬ひるみそうになる。でも、ここで引くわけにはいかないと思った。

「あなた自身が心を開いていないからですよね」

僕が言うと、男性は露骨に機嫌を悪くしたように語気を強めた。

「なんで高校生のガキにお説教されないといけないんだろうか」

「大事なことを隠して近寄ってくる人に、薫が心を開くわけがないと思いますが」

「……どういう意味？」

さらに険しい表情になる男性。明確に怒っているのが分かる。

僕は唾《つば》を飲み込み、言った。

「薫のお母さん以外とも、交際があるんじゃないですか？」

僕がはっきりと言うと、男も、薫も、目を見開く。

「ちょっと、ユヅ……」

薫が僕の腕を掴むのと同時に、男性が苛ついた声を上げた。

「なんだよ。俺には何も話してくれないのに、そのガキにはそんなこと吹き込んでるのか、薫ちゃん」

「………」

薫は緊張した面持《おもも》ちで、何も答えない。

「そんなデタラメなことを言って、本当は俺のことが気に食わないだけなんじゃないのか!?もしかして、彼女にもそんなことを言ってるんじゃないだろうな！」

男性は興奮したように捲《まく》し立てる。彼女、というのは薫のお母さんのことだろう。

黙ったままの薫を見て、男性は鼻を鳴らす。

「そうかい。大切な話っていうから何かと思えば、彼女の前でそんなことを言うつもりだったわけだ。君は俺に心を閉ざしたまま、そんな卑怯《ひきょう》な手で俺を追い出そうっていうんだね」

勢いを得たように言い募《つの》る男性。

奥から、薫のお母さんも玄関に出てくる。

「ちょっと、やめてよ。玄関先で、大きな声出して……」

「お前は黙ってろよ」

摑まれた腕を乱暴に振り払うスーツの男性。

それを見て、薫の身体が震えたのを、僕は見た。

やめてください、と、口を開こうとするより前に。

「……何を偉そうに」

薫が小さく呟《つぶや》いた。男性はその声を耳ざとく聞き取った。

「は、何?」

薫が顔を上げ、男性を睨《にら》みつけた。横顔を見ているだけでも、その怒りの熱量が分かるほどだった。

そして、その怒りを無理やり腹の奥に押し込めたような、冷たい声で、薫は言った。

「女のヒモのクセに」

その言葉を聞いて、男の目が見開かれた。

そしてすぐに、わなわな震えだす。瞳には怒りが宿っていた。

「……んだと、もう一回言ってみろ」

「何回だって言うよ。あんたただのヒモでしょ!! 毎日毎日時間帯を変えていろんな女に会って、お金せびって生きてるんでしょ!!」

薫が叫ぶように言うと、男の身体がぴくりと震え、それから、ドシドシと薫の前まで歩いてきた。

僕はすぐに、まずい、と気づく。

「このクソガキッ!!」

男が右腕を思い切り振りかぶった。拳はグーの形に握られている。

薫はびくりと身体を硬直させて、動けなかった。

僕は薫をトン、と押し、男性と薫の間に身体を割り込ませる。

次の瞬間、視界がチカッ！　と白くなった。ゴッ！　という低い音と、バチン！　という高い音が同時に、脳に直接響くようだった。

脳みそが揺れるような感覚。それに遅れて、右頬に痛みが走る。

パンチを食らったのだ。

間一髪、拳を受けることができた。本当は手で受け止めたかったけれど、間に合わなかった。

この暴力は、本来薫に向けられたものだった。こんなに力強い拳が薫にぶつけられていたらと思うと、ゾッとした。

くらくらする脳みそを起こすように頭を振って、僕は男性を睨みつける。

「愛してる人の娘に暴力ですか……」

「生意気なことを言うからだ……ッ！」

「もうやめて！　お願い、やめて……！」

たまらず薫のお母さんが男性の腕にしがみつく。

そして同時に、薫が僕の手を取った。

「ユヅ、行こう」

「え？　でも……」

「いいから!!」

薫が僕を強引に引っぱって、門から飛び出し、走り出す。

「薫!?」

薫のお母さんが叫ぶが、薫は止まらなかった。

×　　×　　×

夕方から夜に向かうような時間帯。

雨はすっかり止んでいる。

駅前商店街を歩きながら、薫が僕の横顔に視線を送った。

「顔、腫《は》れてる……氷買わなきゃ」

「大丈夫だよ」

「大丈夫じゃない。すぐ冷やさないと痣《あざ》になっちゃう」

「いいって。そんな綺麗な顔でもないし」

僕が言うと、薫は急に立ち止まった。そして、僕をキッと睨みつける。

その目には、涙が溜まっていた。

「……なんで来たの」

「なんでって……プリントを、届けに」

「そういうことじゃなくてッ！」

薫は大きな声を出して、それから、嗚咽《おえつ》をこらえるように低い声で、言った。

「あたし、あんなこと言ったのに…………」

僕はどう答えたものか迷う。

藍衣は言っていた。上手に言葉にできる人ばかりではないのだと。

薫が選んだ『拒絶』という道は、きっと、彼女にとっては一番良い選択で、そのための言葉が、僕に向けられたあれらだったのだとしたら。

きっと、仕方のないことだったのだ。

「薫は優しいから……僕のことを巻き込みたくなくて、ああ言ったんだと思った」

僕がそう言うと、薫はぐっ、と眉を寄せた。涙をこらえている。

「そんなの、自意識過剰……」

「分かってる」

「退部したのに」

「退部届、雨でぐちゃぐちゃになっちゃったよ。だから出してないよ」

「………どうして、あたしに構うわけ」

薫が言った。

その言葉は、僕を責めるような響きを伴っていなかった。ただ、答えを知りたい、と、求めているようだった。

小さく息を吐いて、首を傾《かし》げる。

「じゃあ、どうして……薫は、僕が藍衣のことで悩んでいる時に、怒ってくれたの?」

僕が訊くと、薫は息を呑んだ。

「僕と藍衣がどうなろうと、君には関係なかった。でも、薫は泣きながら怒ってくれた。その優しさに、僕は、すごく救われたんだよ……」

僕が言うのを、薫は苦しそうな表情で聞いていた。

「そういう、優しい友達の力になりたいって思ったら……ダメかな」

「………馬鹿」

「ごめん」

「やめてって言ってるのに……」

「分かってる」

「どうしてあたしの中に入ってくるの……！」

薫がついに涙を流し始めた。

僕は、自明のように答える。これ以外の答えがなかった。

「放っておいたら……後悔するから」

僕がそう言うと、薫は濡れた瞳を揺らす。

「もう僕は……誰のことでも、後悔したくないんだ」

薫は何も言わずに、僕の言葉を聞いていた。涙を流し、洟《はな》をすすっている。

ごしごしと涙をカーディガンで拭《ふ》いて、薫は言った。

「ユヅ」

「うん？」

「……帰りたくない」

「分かった」

「…………海、行きたい」

「行こう」

簡潔な会話だけをして、二人は歩き出す。

海へ向かう電車に乗っている最中も、ずっと、無言だった。

EP.09

9章

YOU ARE

A story of love and
dialogue between
a boy and a girl with
regrets.

MY REGRET...

電車を乗り継いで、海近くにある駅に着いた頃には、もう夜だった。

夏の夜の砂浜は、まだちらほらと人影があって、花火をして騒いでいる若者もいた。

僕と薫《かおる》は、人の少ない場所に向かうように、ゆっくりと歩いた。

すっかり雨は上がったものの、やはり浜辺には雨の気配が残っている。砂は吸った水気で固められて、逆に靴を履《は》いたままでも歩きやすかった。

砂浜の端の方まで行くと、やはりまだ人影はあるものの、静かに過ごしている人ばかりになった。

薫が、波打ち際《ぎわ》のぎりぎりのところに、お尻をついて、座り込む。

湿った砂の上に座ってはお尻が濡れてしまうと思ったけれど、海まで来てそんなことを指摘するのは野暮《やぼ》だった。

僕も、その隣に座る。

そよそよと吹く風の音。

寄せては返す波の音。

遠くではしゃぐ若い人たちの声。

海岸沿いの道路を走っていく原付のエンジンの音。

黙っていると、いろいろな音が聞こえてきた。

ひりひりと痛む頬を潮風が撫でる。気になって口の中で舌を動かして殴られた箇所を押すと、ずきんと痛みが走った。

風に運ばれてくるしょっぱい香りと頬の痛みがあいまって、なんとも言えない切ない気持ちになった。

隣で黙って海を見つめている薫は、今何を考えているのだろうか。

そんなことを思いながらぼんやりと過ごしていると、ぽつり、と薫が呟《つぶや》いた。

「海を見ると、考えるの」

薫はずっと遠くを見つめている。夜空に紛《まぎ》れて曖昧《あいまい》になっている、水平線の方だ。

雲の切れ間から覗《のぞ》く星々が見えなくなるあたりが、きっと、水平線なんだろう。

「途方もなく大きくて、果てが見えなくて……なのに、目の前にある。宇宙と違って、手の届く場所にある。それが心強くて、でも、虚《むな》しい」

薫の声は穏やかだった。けれど、その中には、寂《さび》しい孤独が詰まっているように、僕には思えた。

「あたしは宇宙になりたかった。宇宙になって、自分の小ささなんて忘れて、悲しみも忘れて、全部あやふやにして……ただ、そこにあるだけのものになりたかった。でも……」

薫はそこまで言って、自嘲的に笑う。

「こうやって、海とか、星空とか、見ちゃうとさ。嫌でも気づいちゃうんだよ、自分の身体のカタチにさ。あたしは人間で、女で、子供で……無力で、ちっぽけで……虚《むな》しい存在なんだって、気付いちゃう」

僕は、薫の言葉を黙って聞いていた。

薫がこんなに自分の話をしてくれるのは、初めてだった。

「だからせめて、自分の心の中に宇宙を持とう、って決めたの。誰にも侵《おか》されない、自分だけの場所を持とう……って。それが、私がまっすぐ立つための、唯一《ゆいいつ》の方法だと思った」

薫はそこまで言って、横目で僕の方を見る。

僕と彼女の視線が交わった。

「笑っちゃうよね。こんなの言葉遊びでしかない」

自嘲的に微笑む薫に、僕はゆるやかに首を振る。

「その言葉が、ずっと君を救ってきたんでしょ。笑うことなんて何もない」

そう答えてから、僕は空を見上げた。

「きっと、薫の中には本当に宇宙があるんだよ。その大きさは……君にしか分からない。でも……薫の宇宙は、すごく綺麗なんだろうな」

僕が言うと、薫はまたくすりと鼻を鳴らして、僕と同じように、空を見上げる。

「ユヅの、そういう言葉が……私にとっては計算外だった」

「計算外？」

「そう、計算外」

薫は頷《うなず》いて、そのまま後ろに倒れ込むように仰向けになる。

彼女の視界は、一面、空で埋め尽くされているのだろう。

空に浮く雲は、目で見て分かるほどに風に流されていた。上空では、ここよりもずっと強い風が吹いている。

「心を閉ざして、誰も彼もに冷たくしてたら、優しい言葉をかけられることなんてないと思ってた。関わろうとしてくる人がいなければ、あたしは他の人の宇宙のことなんて考えなくて良かったの。でも……」

薫は星空を見上げながら、言った。

「あの日、部室にユヅがいて、あたしがいくら拒んでも話を聞こうとしてきて……なんか、あの時に、全部が変わっちゃった」

「変わった……」

「そう。あたし、ずっと寂しかったんだなって、気付いちゃった」

薫は何が可笑《おか》しいのか、くすくすと笑った。

「宇宙になりたい、ただそこにあるものになりたい〜、って……ずっと思ってたはずなのに。やっぱりあたしは人間で……一人でいるのは寂しいんだって、分かっちゃった。その時から、あたしの宇宙はもう、壊れてた」

薫はそう言って、首を横に倒し、僕の方を見た。

「ユヅのせいだよ。どうしてくれんの」

「………ごめん」

「……謝ることじゃないでしょ。八つ当たりだよ、こんなの」

僕のせいだと言ったくせに、謝ると、首を横に振る薫。

きっと、どちらも彼女の本音なのだ。

ため息をつく。

「君は………一人で、解決したかったんだね。自分の宇宙を取り戻すために」

僕が言うと、薫は穏やかに頷いた。

「そうだよ。もう、ユヅに甘えるのをやめたかった。部活もやめて、また一人になりたかった」

「寂しいのに、どうして一人になろうとするの」

素朴な疑問が口をつく。

薫の表情がぴくりと強張《こわば》るのが分かった。

「……当たり前じゃん」

「どうして」

「そんなの！」

突然大きな声を出す薫。

彼女は勢いよく身体を起こして、僕を見た。

「いつかはユヅがいなくなるって分かってるからに決まってるじゃん！」

薫の声は震えていた。

「このままユヅにどんどん甘えるようになって、ユヅなしじゃ生きていけなくなったらどうするわけ！」

「そんなの……そりゃ、いつかは進路も分かれるだろうし、いつでも一緒ってわけにはいかないけど、縁が切れるわけじゃないいんだし……」

「そういうことじゃなくて!!」

薫は叫ぶように言った。

「ユヅは……藍衣《あい》を選ぶじゃん!!」

薫の言葉に、僕は言葉を失った。

「……え？」

「好きなんでしょ？　藍衣のことが」

「そう、だけど……」

「じゃあ……やっぱり、いつかは会えなくなるじゃん」

「そんな、会うくらい、全然……」

「会えないよ…………」

薫の瞳から、涙がこぼれた。

そして、喉《のど》の奥から絞り出すような声で、言った。

「一番じゃないのは、苦しいもん……」

薫はそう言って、僕を見つめた。

苦しげに歪《ゆが》んでいるその表情を見て、困惑《こんわく》する。

どうして藍衣の話が出てくるのか、分からない。

一番、というのは、なんのことなのか。

疑問だらけだった。

「ユヅの一番になれないのが分かってるのに、傍《そば》にいるなんてできない……」

「薫、何を言って……」

僕が狼狽《ろうばい》していると、薫はスンと鼻を鳴らして、細い目で僕を見た。

「……こういうとこだけ、想像力がないんだね」

そして、突然、僕の襟《えり》をぐい、と引いた。

次の瞬間、僕の唇が、薫のそれと重なった。

「……！　……!?」

僕は目を白黒させる。

薫の柔らかい唇が数秒間、僕を捉《とら》えて離さなかった。

そして、ゆっくりと顔を離した薫。

至近距離で、視線が交差する。

彼女の柔らかく細められた瞳には、僕が映っていた。

ああ…………。

心臓を素手で掴まれたような痛みを感じた。

薫の表情が、以前に見た藍衣のものと重なった。

緩《ゆる》やかに細められるしっとりと濡れた瞳。少しだけ赤くなった頬、そして、柔和《にゅうわ》に上がる口角。

『結弦に……捕まっちゃったから』

公園で、僕にそう言った藍衣の表情と、そっくりだった。

今では、それがどういうものなのか、僕には分かる。

……恋だ。

恋する人の、表情だった。

薫の唇がスローモーションのように開き、そして、ゆっくりと、言った。


「大好きだから、さよならしよう？」


僕の喉《のど》がヒュッ、と鳴った。吸い込んだ息を吐き出すことができない。

そんな僕を見て、薫はくすりと笑う。それから、おもむろに立ち上がり、パンパンと尻と背中の砂を払った。

言うべきことは言った、という風に。

僕を一瞥《いちべつ》して、薫は歩き出す。

次第に離れていく薫を、僕は追えなかった。

ただただ視線をさまよわせて、狼狽《うろた》えていた。

薫は、僕のことが好きだった。きっと、異性として。

宇宙にはなれないと悟り、自分が人間であると自覚し、そして、女であることも知っている。

さっき、彼女はそう言った。

今となってはその意味がありありと分かってしまう。

僕を異性として好いてしまった時点で、彼女の中の感情のかけ違いが起こっていたのだ。

僕は薫に手を差し伸べ、自分では思ってもみないほどに彼女の心の拠《よ》り所になってしまっていた。

だというのに……僕は、水野《みずの》藍衣の手を取った。

これから僕と藍衣が今まで以上に近づいていくであろうことを悟って、薫は、これ以上僕と一緒にいることを断念したというのだ。

そのすべてが繋がって……僕はどうしたらいいのか分からなくなった。

薫のことは、大切な友達だと思っていた。

でも、相手にとって自分がそういう対象でないと分かってしまったなら、どうすることもできないのではないか。

薫のことを考えるならば、このまま彼女が離れていくのを、黙って容認したほうが良いのではないか。

言葉で整理していくと、ますます彼女を追いかけることができないような気がしていた。

だというのに、胸が苦しい。

行かないでくれ、と、叫びだしたかった。

薫は僕にとっての……初めての、心から気を許せる友達だったのに。

そんな明確な気持ちが、心の中に生じた瞬間。

かつての、薫の言葉が僕の脳内で響いた。


『二人は別々の〝宇宙〟を持ってて、それは違う輝きを持ってて！　でも、ひとたび一緒の〝宇宙〟になったら、どっちかの輝きに合わせないといけないの!?　違うでしょ！』

『なんで、なんで……駄々こねなかったんだよ！』

『そうやって、全部あんたが決めたんでしょ！』

『そんなお別れが……水野さんにとって……嬉しいわけ……ないじゃん……』

……そうだった。思い出した。

彼女はそう言って、僕の背中を押したのだ。

……君だって、同じじゃないか、と、思った。

気付けば、立ち上がっていた。服についた砂を払うことも忘れて、走り出した。

まだ、薫の背中は見えている。


「薫ッ!!!」


僕が叫ぶと、薫の後ろ姿が一瞬、止まった。けれど、すぐにまた歩き出す。

無我夢中で走った。

胸の中にはぐるぐると強烈な感情が渦巻いていた。

悲しみでもない。焦《あせ》りでもない。

……怒りだと分かった。

薫が一瞬振り返る。

迫りくる僕に気付き、薫も焦ったように駆け出した。

でも、僕だって男子だ。お互い走っていても、じわじわと追いついて、ついに、薫の腕を掴む。

喉の奥から、熱い息が漏《も》れた。

「薫、待ってよ!」

「嫌、離して」

「嫌だッ！」

僕はグイ、と力を込めて、薫の腕を引いた。勢いを逃がしきれず、薫の身体が僕の方を向く。

薫の両肩を摑んだ。

彼女の両目からは、ぼろぼろと涙が零《こぼ》れている。ぐしゃぐしゃだった。

泣いてるじゃないか。

胸が詰まった。そして、胸につっかえた言葉を、勢いよく吐き出す。

「君はいつもそうだッ！」

「な、なにが……」

「そうやって、泣いてるくせに、泣きながら、僕に背を向けるんだ！」

「そんなの、だって……」

「だってじゃない！　そんな顔しながら去ってく人を、どうやって追いかけずにいられるんだよッ！」

「追いかけないでって言ってるじゃん！」

「無理だって言ってんだッ‼」

僕は勢いに任せて叫んだ。言いたいことの整理なんてついていない。それでも、止められなかった。

「僕の……僕の気持ちは、どうなるんだよ!!」

薫はひるんだように息を詰まらせた。彼女の瞳が揺れる。

「君は僕のこと叱《しか》ったじゃないか。全部自分で決めて、相手の気持ちはどうなんだ、って、そう言ったじゃないか！　君はそれで僕のことを忘れて、いつか楽になれるのかもしれないけど、じゃあ、僕はどうなるんだよ!!」

僕がそう言うと、薫も負けじとキッと眼光を鋭くした。

「あたしのことなんて忘れればいいじゃん！　藍衣と仲良く過ごして、二人の時間を積み重ねて、幸せになればいいじゃん！」

胸が痛む。思いが伝わらないことのもどかしさで、張り裂けそうだ。

そういうことじゃ、ない。そんな話がしたいわけじゃない。

薫としか共有できない空間がある。

薫としか話せないことがある。

薫が来るまでは部室のソファはただの置物だった。薫と出会わなければ、カップラーメンは自分にはあまり縁のない食べ物で、宇宙なんてものは空に浮かんでいるだけの手に届かない存在で、他人の第二ボタンが留められていないことが気になることもなかった。

言いたいことはたくさんあったけれど、僕の言葉は、自然と一つに集約されていった。それは熱を持って、胸の痛みを伴って、口から飛び出していく。

「部室に君がいないと寂しいんだよッ!!」

僕が叫ぶと、薫が深く息を吸い込んだ。今度は彼女が喉を、ヒュッ、と鳴らす。

「僕も同じだ。ずっと一人だった。クラスで孤立してたわけじゃない、友達だっていた。でも、違う。僕は、僕の落ち着ける空間の中に誰かを入れたことなんてなかった。読書部の部室は静かで、誰にも邪魔されずに本を読めて、心が穏やかになる場所だった。僕にとって、あの部室は生活の一部だった」

僕は胸の中のすべてを吐き出すように言った。

「でも、あの日君が来て、時々部室に顔を出すようになって……それで、分かった。………僕も、寂しかった」

本を読むのが好きだった。

新たな知識を増やすことも、物語に身を任せることも、自分という存在のことを考えずに済むから、楽だった。

物語の中に、自分は存在しないということを、知っていた。

本を読む自分を肯定してくれる人が欲しかった。

だれかと、物語について語り合う機会が欲しかった。

でも、全部、諦《あきら》めていた。

読書、と、一人、は、結びついていたから。

「君がいる部室が……好きなんだ」

僕が言うと、薫がふるふると首を横に振る。そんなことを言うな、というように、後ずさった。

藍衣の言葉が蘇《よみがえ》る。

『忘れないでね……抱きしめ合ったら、二人とも、あったかいってこと』

きっと、僕と薫は、心の中で、抱きしめ合っていた。

その胸の中の寂しさを、埋め合っていた。

薫は何度も何度も、首を横に振った。

「……そんなの。そんなの、勝手だよ」

「分かってるよ、駄々こねてるんだよ、僕は！」

薫は、自分の宇宙に僕を招き入れたことを、きっと後悔している。

僕は、それが分かっていた。

それでも、去る彼女を黙って見送ることなんてできない。

だって。

「僕と出会って、君の宇宙が広がったっていうんなら……僕の宇宙だって、君と出会って、広がったんだよ」

僕が言うと、薫は目を大きく見開いた。

「僕の宇宙を広げといて、怖くなったからって勝手にいなくなられちゃ、困るよ……ッ！」

ついに、薫の表情がぐにゃりと歪んだ。

大粒の涙が溢《あふ》れ、ぼろぼろと零《こぼ》れていく。

「そんな、ひどいよ……あたしにだけ我慢させて、ずっと一緒にいろって言うわけ……？」

「君だってひどい……僕の友達になっておいて、恋愛を取るなら自分のことは諦めろって言うの？」

「そうだよ！　要《い》らないって言ったのに、勝手に手を差し伸べて……期待させて……今度はどっかに行こうとするんだもん」

「手を取ったのは君だろ!!」

「差し伸べられなかったら、取らなかった!!」

子供のような言い合いが始まる。

「じゃあ、責任取ってよ。あたしの宇宙をめちゃくちゃにした責任を取ってよ!!」

「責任って言ったって、どうやってとればいいんだよ!!」

「わっかんないよ、そんなの!!」

二人して、叫び合う。

気付けば、僕もぼろぼろと涙を零していた。

ゆらゆらと揺れる視界の中で、薫も顔を伏せる。

「うう…………ううぅぅ……ッ!」

唸《うな》りながら、その場に座り込んでしまう薫。

彼女の身体が震え続けている。嗚咽《おえつ》を漏らし、洟《はな》をすすり続ける彼女を見ていると、僕もこみ上げてくるものがあった。

どうしようもない激情。こらえられない涙。

僕たちは胸の中の熱さをすべて吐き出すように、二人して、砂浜でずっと、泣いていた。

×　　×　　×

「………最悪、ほんとに」

「………君のせいだ」

「ユヅのせい」

「いいや、君のせい」

砂浜で二人で体育座りをしながら、言い合う。

特に意味のないやりとり。それでも黙っているよりは気が楽だった。

泣き疲れて、僕も、薫も、声が嗄《か》れかけている。

薫は短い木の棒で砂に何かを描いている。横から見ても、何を描いているのかは分からなかった。もしかしたら、彼女もそうなのかもしれない。

しばらく薫が枝で砂を引っ掻く音に耳を傾けていた。

ザリザリと鳴る砂の音を聞いていると、なんだか心が落ち着いた。

「………まだ、藍衣とは付き合ってないんでしょ」

唐突に、ぽつりと薫が言う。

あまりに突然の質問だったというのに、何故《なぜ》か心は落ち着いていて、僕はおもむろに頷く。

「……うん。もっとお互いを理解してから、もう一回告白する」

それを聞いて、薫はズッ、と洟をすすった。

「……あっそ」

薫はそう言ってから、ぽいと小枝を海に投げ捨てた。

彼女の指の長さほどしかない枝は、寄せてきた波にさらわれて、海の中に消えていく。

薫は、ほ、とため息をついて、言った。

「…………じゃあ、あたしも駄々こねてみる」

「……え？」

「……もっと、あたしのことも理解してよ」

薫が流し目で僕を見て言った。

薫の濡れた目に、漣《さざなみ》に反射する月光や、星の光が映って、キラキラしていた。

「もっとあたしのこと知って……それで……」

薫は呟《つぶや》くように言った。

「あたしのこと……好きになってよ」

そう言う薫の声は静かだったが、同時に、力強かった。

でも……僕にとってその願いは、簡単に「うん」と頷ける内容ではない。

どう答えたものか、と迷う。でも、沈黙を貫《つらぬ》くわけにはいかない。結局、曖昧な言葉を漏らす。

「……そんなこと言われても」

「困るのは知ってるよ」

薫は苦笑して、海の方に視線を移す。

「でも、それでも、あたしがいなくなったら嫌なんでしょ」

「…………うん、嫌だ」

「じゃあ、あたしも努力するから……ユヅも努力して」

薫はそう言って、しみじみと波打ち際を見つめた。

「……あたしたち、どっちも駄々っ子だね」

「うん、そうだね」

「でもあたし……生まれて初めて、駄々こねたかも」

薫はくすりと笑ってから、僕の腕を、肘《ひじ》でごんと小突いた。

「ユヅのせいだよ」

僕も、鼻を鳴らす。

「……それは、そうかもね」

「うん、そう」

再び水面の方へ視線を向ける彼女の横顔を覗《のぞ》き見る。

小顔で、くせっ毛が似合っていて、今は涙で崩れているけど、普段は薄く化粧をしていて……オシャレな女の子だ。

いつも人を寄せ付けぬようなぶすっとした顔をしているけれど、その心根が本当はとても優しいことを僕は知っている。

そんな子が自分のことを好きだと言ってくれている状況に、あまり現実味を感じない。

もし藍衣が僕の前に再び現れなかったとして。

薫と部室で、ずっと二人の時間を積み重ねていたとしたら。もしかしたら、いつか、自分は薫のことを異性として好きになっていたのかもしれない。

そんなことを思えてしまうくらいには、僕の中で薫の存在は大きかった。

想い合う気持ちの方向性はズレていたとしても、それだけは、僕にとっても変わらない。

「……分かったよ」

僕が言うと、薫はきょとんとした。

「え？」

「だから、君のこと」

言葉にするのは気恥ずかしかった。でも、薫が腹を割って話してくれたのに、僕だけ返事をしないのは、あまりに卑怯《ひきょう》だから。

「君のことを女の子として好きになれるかどうか、考えてみる。考えるっていうか……もっと、一緒の時間を過ごして、藍衣のことよりも君のことが好きだと思えるような時がもし来たら……その時は……」

僕がそこまで言うと、暗くても分かるほどに薫の頬も赤く染まった。

そして挙動不審に視線を動かす。

「も、もういい。この話終わり」

薫は強引に会話を打ち切る。

そんな風に打ち切られると、僕も恥ずかしかった。薫から視線を逸《そ》らして、海を見つめる。

すっかり雲が流れて、月の光が水面にちらちらと光を落としている。

……気まずい沈黙が訪れた。

寄せては返す波の音が、やけに大きく聞こえる。

「ユヅ」

「うん？」

薫が、僕の手に、そっと自分の手を重ねた。

「家のことだけどさ」

「……うん」

「今回はほんとに、あたしだけで解決できたと思う。正直」

「……そっか。余計なことして、ごめ――」

「違う、そうじゃなくて」

薫は、謝ろうとする僕の手をぎゅうと握って、止めた。

そして、穏やかに言う。

「心配かけてたのは分かってる。メッセも気付いてたのに、わざと既読つけなかった」

薫は僕の手を強く握りしめたままだった。彼女の温かさが、伝わってくる。

「一人で解決して、それで、ユヅともう距離を置こうと思ってたの」

「……うん」

「でも……」

薫はそう言って、僕の方を見た。

そして、穏やかな微笑みを浮かべて、言う。

「来てくれた時…………嬉しかった。だから、ありがと」

薫はそう言って、僕から手を放し、立ち上がった。

尻についた砂を払い、ふう、と息を吐く薫。

「後のことはあたしがちゃんとけじめつけるよ。だから……」

薫は吹っ切れたような穏やかな表情で、僕に向けて手を伸ばした。

「もう心配しないで」

その表情はあまりにすっきりとしていて、僕も、彼女がもう解決への糸口を見つけていることを理解した。

「うん……分かった」

頷いて、薫の手を取る。

薫が薄く微笑んで、僕を立ち上がらせるべく、ぐい、と腕に力を入れる。

僕の腰が持ち上がったタイミングで、思い切り、ズルッ！　という音がした。

湿った砂に、薫が足をとられたのだ。

「あっ！」

中途半端に起こされた僕は、後ろ向きに倒れる薫に手を摑まれて、一緒に転倒した。

「……ッ！」

なんとか両手をついたけれど、薫を押し倒す形になってしまう。

目の前に、薫の顔があった。

「あ、いや、ごめ……」

慌てる僕の目を見つめて、薫が口角をニッと上げる。

「もっかい、キスする？」

「……するわけないでしょ」

一度だけでも気が動転したのに、二回目などあるはずがない。それに、まだ僕は薫のことについて考え始めたばかりで……。

膝《ひざ》を立て、起き上がろうとすると、薫がにやりと何かをたくらむように微笑む。

「んー？　ふふ。あ、そう」

「…………!?」

そして、薫が僕の首の後ろに手を回し、ぐい、と引いた。

再び、薫の唇が僕のそれと重なった。

頭が真っ白になる。

「！！　……！！！」

でも、今度は、僕もすぐに反応した。

ぐい、と彼女の肩を押し、顔を離す。

「やめなって!!」

僕が目を吊り上げて抗議すると、薫は鈴を転がすように笑った。

「あはは、付き合ってもないのに二回もキスして、チャラいんだ」

「君のせいでしょ!!」

「あたしはいいんだよ、好きだもん」

真っ向から好きと言われて、僕は言葉を失う。顔が熱かった。

「いいからほら、立って」

砂浜に倒れたままけらけらと笑い続ける薫。

……吹っ切れた途端に、めちゃくちゃやるじゃないか。

心の中で毒づきながら、僕は先に立ち上がり、薫の手を取った。

そして、今度こそぐい、と立ち上がらせる。

それと同じタイミングで。

「おーい、君たち」

遠くから、声がした。何かと思って振り返ると、懐中電灯を持った警官が僕たちの方に向かって歩いてきていた。

「高校生だよね？　こんな時間になにしてんの」

そう言われて、僕はバッと下を見た。

そうだ、学校からそのまま薫の家に行き、そして海まで来てしまった。

つまり、制服を着たままだった。

しまった！　と思いながら、慌ててポケットからスマートフォンを取り出すと、そこには『22時15分』と表示されていた。

「…………うわぁ」

僕は青ざめながら声を漏らす。

「あははっ！」

薫は再びおかしそうに噴き出して、僕を指さす。

「悪いんだ！」

「君のせいでしょうが!!」

そうして、僕は、生まれて初めて、警察からの補導を受けた。

EP.10

〔10章〕

YOU ARE

A story of love and
dialogue between
a boy and a girl with
regrets.

MY REGRET...

警官にたっぷりと説教を受けてから、家に連絡を入れられて、「絶対に寄り道するなよ」と厳命を受けたのち……僕たちは最寄《もよ》り駅へと向かった。

薫《かおる》の家にも警察は電話をしていたけれど、繋がらなかったようだった。

電車に乗っている最中、僕たちは何も話さなかった。

電車に乗り、海辺を離れると、まるでさっきまでの二人の時間は、いつもの世界ではないどこか別の場所で起きたことのような気がする。

でも、ちらりと薫を見ると、彼女のピンクのカーディガンには払いきれなかった砂がついていて、やっぱり現実だったのだと再確認した。

人もまばらな電車の中で、席に座って、ぼんやりと窓の外を見ていた。流れていく夜の街の景色は、僕にとっては馴染《なじ》みのないものばかりだ。でも、少しずつ、自分たちの住む町へと近づいている。

きっと、僕はこれからも、いろいろなところへ行く。でも、いつかは、元いた場所に帰るのだ。

僕と薫は、元いた場所に帰れるだろうか。

そんなことを考えていると、僕の肩に、ぐい、と隣に座る薫の肩が押し当てられた。

薫の方へ視線をやると、彼女は僕と同じように、窓の外を見ていた。

つられて僕がそちらを見ると……窓に映る薫と目が合う。

薫は薄く微笑んでから、スッ、と視線を逸《そ》らした。

でも、肩だけは、僕にくっついたままだった。

……きっと、元いた場所には、戻れない。そう思った。

僕たちの関係は、明確に、変わってしまった。

目を伏せて、深く息を吐く。

それでもいい、と、思った。

中学の時、藍衣《あい》と離れて……後悔した。

気持ちを伝えられず、彼女の気持ちを確認することもできず……対話を放棄して、逃げ出した。その、心に刺さった小さな棘《とげ》が、じくじくと膿《う》んで、苦しんだ。

もう、十分に言葉を交わさずに誰かとの縁を切るのは御免だった。

薫の中で何かが変わったのなら、僕も、変わっていかなければならない。

二人で苦しんだ結果、選ぶ道が『別れ』なのだとしても……その時はきっと、お互いに納得できるはずだと思った。

僕が、ぐい、と薫の肩に僕の肩を押し付けて返すと、ほんの小さく、薫が鼻を鳴らすのが聞こえた。

電車が、僕たちを、日常へと運んでいく。

僕たちの何かが変わっても……日常は続いていくと、教えてくれる。


「じゃ、ここで」

最寄り駅に着くと、薫はいつものような口調で、片手を上げた。

「……うん。ここで」

僕も頷《うなず》いて、薫を見つめた。

薫はくすりと笑って、何も言わずに、反対方向へと歩き始めた。

僕はその背中を数秒間見送ってから、自宅の方向へと歩き出す。

本当はついていきたい気持ちがあったけれど……薫は「自分でなんとかする」と言ったのだ。

僕がついていっても、きっと邪魔なだけだろう。

そんなことを考えながら歩いていると。

「ユヅ！」

背後から薫の声が聞こえた。

振り返ると、遠くで、薫がこちらを向いて立っていた。

「なに！」

深夜の駅前には僕たち以外には誰もいなくて、二人の声だけが反響していた。

薫はカーディガンのポケットに手を突っ込みながら、少し前のめりになって、言った。

「名前、呼んで！」

その言葉に、僕は「あ」と小さく声を漏《も》らす。

前にも、こんなことを言われた日があった気がする。

部活を終えて、部室の鍵をしめて……夕日の差す廊下で。

あの日の薫は、とても寂《さび》しそうだったのを、よく覚えている。

きっと……あの頃から、薫の家庭環境は再び悪い方向に変わり始めていたのだ。あの頃から
……薫は一人で苦しんでいた。

僕は胸が苦しくなるのを感じながら、手を振った。そして、口を開く。

「薫！」

名前くらい、いくらでも呼んでやる。

それで少しでも君の気持ちが軽くなるなら、何度だって。

「また明日！」

僕がそう言うと、薫は遠くからでもはっきりと分かるほどに、嬉しそうに微笑んで。

「また明日！　ユヅ！」

大きく、手を振った。

×　×　×

「あんたが補導とはねぇ」

「痛い痛い！　もうちょっと優しく……」

「ちゃんと貼らないとはがれるでしょうが」

怒られるだろうな……と思いながら家に帰ると、母さんは拍子抜《ひょうしぬ》けするほど普通な様子で「あー、おかえり」とだけ言って、僕を出迎えた。

今は、顔の痣《あざ》に湿布《しっぷ》とテープを貼ってくれている。いささか適当な手つきで、ぐいぐいとテープを貼り付け、最後には何故《なぜ》かぺしっ、と叩かれた。痛い。

「で、なにこの痣。喧嘩？」

母さんは片眉を上げながら首を傾《かし》げる。

「いや、喧嘩ではないけど……」

「一方的に殴られたわけ？　やり返しなさいよ」

「母さん……」

怒られないこと自体は気が楽だったけれど、その発言は親としてどうなのかと思った。

「で、なんなの」

しかし、説明はしっかりしろ、という意図の、鋭い視線が僕に向いていた。

補導を受けて帰ってきたうえに、顔面に殴られた痕だ。そりゃ、説明の義務はある。

「……実は」

僕は、今日あったことをすべて母親に話した。


「なるほどね、それでぶん殴られたと」

「……はい」

「そりゃ、あんたが悪い」

母さんはぴしゃりと言って、リビングのテーブルから立った。

そして、やかんに水を入れ、火にかける。

僕はうなだれるしかない。

「よそ様の家庭の事情に首突っ込んだら、そりゃ怒られるでしょうよ」

「……そうだね」

「ま、それで子供殴んのも大人としては最悪だけどね。でも、まずは、あんたが悪い。分かった?」

「はい」

母さんの言葉には有無を言わせぬ力があった。

僕はぺこりと頭を下げて、反省の意を伝える。

母さんはそんな僕を見つめながらため息をついて、おもむろに僕の傍《そば》へと歩いてきた。

そして、僕の頭をがしがしと撫でる。

「さっきのはオトナとしての意見ね」

「え?」

「親としては、よくやった、と思ってる」

母さんはさっぱりと言って、僕の髪の毛がくしゃくしゃになるまで撫で続けた。

そして、ニッ、と笑う。

「友達のためにそこまでやれる子供に育って、あたしゃ嬉しいよ。父ちゃんに似たね」

「いや、でも……僕、何も解決できなくて」

僕がしょんぼりしながら言うのに、母さんは顔をしかめながらかぶりを振った。

「解決なんてしなくていいんだよ。それこそ、その子の家の話なんだから」

「でも、解決できないのに首だけ突っ込んでさ」

「男らしいことしてきたと思ったら、今度はつまらんこと言いだすねぇゆーくんは」

母さんは呆《あき》れたように鼻を鳴らして、はっきりと言った。

「普通はね、家のことで困ってる時に、誰も助けに来てなんかくれないんだよ」

母さんは言いながら、僕の向かいの椅子に座り直す。

「でも、あんたは行った。それが、その薫ちゃん？　にとって、どんだけ大きなことか、あんたはきっと分かってない」

トン、と指で机を叩いて、母さんはにんまりと笑った。

「あたしが、両親と仲悪いの知ってるでしょ」

突然何の話だ、と、思う。

「まあ……覚えのある限りでは、帰省もしたことないし」

「理由、話してなかったわよね」

母さんは何故かウキウキしたようにそう言った。

「実はね……」

母さんが両肘《ひじ》をテーブルについて、若干《じやつかん》前のめりになりながら口を開いたところで、コンロの火にかけていたやかんがピーピーと鳴りだした。

「ちっ、タイミング悪いわね」

母さんは舌打ちしつつコンロに向かって歩いていき、火を止めた。

そして、二つの、それぞれティーバッグの入ったカップにお湯を注いで戻ってきた。

片方を僕の前に置く。

それから、一息ついて。

「実は、結婚、反対されてたのよ」

と、言った。

「え!?　そんなの初めて聞いた」

僕が目を丸くするのを見て、母さんはとても嬉しそうに頷く。

「だから、初めて言ったんだって。あの人が実家に挨拶《あいさつ》しに行ったら、うちの親父が猛反対してさ。まあ確かにあの人、当時フリーターだったし、バンドマンだったし……社会的信用はもう最悪だったわけだから、仕方ない気もするけど」

母さんは昔のことを思い出すように、楽しそうに話した。

「で、あの人ね。親父に向かって、『許可を取りに来たんじゃなくて、宣言しに来ただけです』って言ったの」

「……ほんとに？」

「マジマジ。で、『透子《とうこ》のことは、俺が幸せにします。だから心配しないでください』って、二人で実家飛び出してきたってわけ」

……あまりに、想像のつかない光景すぎて、すぐに言葉が出なかった。

僕の父さんは、物心ついたころから仕事熱心で、単身赴任を繰り返しているので、たまにしか家に帰ってこない。

家にいる間も、寡黙《かもく》に読書をしたり、母さんと並んで昼寝をしたりと、あまり活動的ではなかった。

穏やかで博識な父さんが大好きだけれど……よく考えると、父さんの昔の話を聞かせてもらったことは一度もなかった。

「………なんというか、すごいね」

僕がようやく、そんな陳腐《ちんぷ》な感想を漏らすと、母さんはくすくすと肩を揺らす。

「んふふ、そうでしょ。実際こうして結弦《ゆづる》も生まれて、幸せになってるしね」

母さんはそう言って、それから、穏やかに目を細めた。

「そん時にさぁ、『ああ、この人と一緒だったら大丈夫なんだなぁ』って……根拠もなく思ったよ」

そして、僕をじっ、と見つめる。

「問題の解決なんてのは、いつかは、それができる誰かがちゃんとやるのよ。でも大事なのは、心が救われてるかどうか。だから……」

母さんはテーブルから身を乗り出して、もう一度僕の頭を撫でた。

「あんたは、よくやった」

母さんに優しく撫でられて、目の奥がじわりと熱くなるのを感じた。

「……うん」

僕が鼻声で頷くのを横目に見て、母さんはくすりと笑う。

それから、ティーバッグをカップから取り出して、ずず、と紅茶を啜《すす》る。

「やーしかし、ここまで許してもらえないとは思ってなかったわね。未《いま》だに手紙送っても返ってこないしさ。母ちゃんは時々電話くれるけど、親父はもうさっぱり。電話かわって、って言っても絶対出ないもんね。まあ、さすがにもうすぐ死ぬ！　ってなったら許してもらわなくても勝手に会いに行くけど」

「大変だね」

「ほんとよ。まー、幸せだからいいけど」

母さんは困ったもんだ、と言いながらも、楽しそうに家族のことを話している。

そんな母さんを見ながら……自分にもいつか家族ができる日が来るのだろうか。その時は、こんな風に幸せだけを噛み締めていられるのだろうか。

ぼんやりと、そんなことを考える。

「ところでさ」

母さんの目がきゅっ、と細くなった。

「そのあとはどこで何してたわけ？　補導される時間までほっつき歩いてたんでしょ？」

思い切り、目が泳いでしまう。

「え、いや、それは……」

「うん？」

「えっと……海に行ってた」

「ほぉ～。それで？」

「それだけ」

僕はその話題から逃げるように、せかせかとティーバッグをカップから取り出した。

そして、紅茶を一口啜る。口が塞《ふさ》がってしまえば、なんとなくお茶を濁せる気がしたのだ。

「ちゃんとゴムはつけたんでしょうね」

「ぶっ！」

盛大に噴き出してしまった。

「うわ、汚っ！　あんた自分で拭《ふ》きなさいよ」

「そんなことしてない!!」

僕が声を荒らげるのを見て、母さんは思い切り片方の口角を上げて「またまたぁ」と囃《はや》し立てる。母親のこんな下世話な表情を見たくなかった。

「夜遅くに女の子と海に行って、エロいことしてないとか嘘でしょ」

「母さん、そういうとこほんと最悪だと思う」

「じゃあキスはしたわけ？」

「キ……いや……」

「したんだ。ふーん。藍衣ちゃんを家に呼んだり、海では他の女の子とキスしたり、欲張りだねぇ」

「ち、違う……」

「まー、高校生の時なんて遊んでなんぼでしょ。好きにしなさいよ」

母さんは好き放題言って台布巾を手に取ると、結局は自分でテーブルを拭いた。

「やー、結弦、いくつになっても女っけなかったから、母ちゃんは嬉しいよ」

「そういうのじゃないってば！」

抗議をしても、まったく聞く耳を持たない母さん。

やいのやいの言い合いながら、僕は、少しずつ心が温まっていくのを感じていた。

やはり、自分は、親に恵まれている。そう思った。

そして同時に……薫は、どうしているだろうか、と、そんなことを考えた。

×　×　×

家に帰ると、リビングにお母さんの愛人と、お母さんがいた。

リビングに入るや否《いな》や、男の無遠慮な視線が私に刺さる。その顔には意地悪い笑みが浮かんでいた。

「こんな時間まで帰ってこないなんて。あのガキとヤッてたのかい」

男はそう言って笑う。小馬鹿にするような表情。

「……そっちが素《す》なのね」

私が言うと、男が顔色を変える。

他人を煽《あお》るくせに、自分が煽られると腹を立てるヤツ。底が知れていた。

「はっ……まあいいや。それで、大事な話ってなんだよ。さっき俺のことヒモだのなんだの、好き放題言ってくれたよな」

男は責め立てるように言った。

それは、私をねじ伏せようとする、攻撃的な言葉だ。

正直、身体の大きい男の人に声を荒らげられたり、早口でまくしたてられたりするのは苦手だ。どんなに強がっても、先に心が恐怖を感じて、それが身体に伝播《でんぱ》すると、うまく動けなくなる。

……そう、いつもなら。

努めて、ゆっくりと呼吸をした。

大丈夫。私はちゃんとやったから。

大丈夫、私には、味方がいるから。

心から頼っても良いと思える人がいることが、こんなに心強いとは、思わなかった。

「そんなに失礼なことを言うんだから、もちろん証拠が……」

「あるよ」

男の言葉を遮《さえぎ》って、はっきりと言う。

「…………は？」

「だから、あるってば」

改めて言うと、男の表情の温度が下がった。「そんなはずはない」とその顔が語っている。

どうして、こんなに分かりやすい男に……お母さんは。

そんなことを考えて、すぐにやめる。

私はスマートフォンをタップして、画像フォルダを開いた。

リビングのテーブルに近づいて、お母さんと男の両方に見えるように、差し出した。

「これが7月10日の写真」

若く、露出過多の女と、この男がマンションの前で抱き合っている画像。

「これが7月11日の写真」

同じ女と肩《かた》を組みながら歩いている男の画像。

「これが7月12日」

先ほどとは違う、ＯＬから金を受け取っている男の画像。

られている。

それらを見て、男の目が見開かれていた。

お母さんはじっと画像を見つめてから、ゆっくりと顔を上げた。その視線は、男の顔に向けられている。

私は、事実を列挙するように、淡々と話した。

「これ、全部愛人でしょ？　お母さんみたいに寂《さび》しい女の人に、買われてるんでしょ。サラリーマンなんて嘘。スーツだけきちんとしたの着てたって、昼はこうやって遊び歩いてる」

「こ、こんな写真、いつの間に……」

額《ひたい》に脂汗《あぶらあせ》を浮かべながら男が私を見た。思わず、鼻を鳴らしてしまう。

本当に……私の話なんて微塵《みじん》も聞いてないんだな、と、思う。

「三日間学校行ってなかったって……さっきの男の子が言ってたでしょ」

私がそう答えると、男の目が見開かれた。

「おま、お前が撮ったのか……？」

「うん」

「なんで、学校まで休んで……わざわざ……大体、どうして」

どうして、気付いたのか。

そう言いたいのが分かって、私は大きくため息をついた。

すっかり勢いの削《そ》がれた男は、私のため息に合わせてびくりと肩を震えさせた。

……本当に、くだらない。

さっさと終わらせたかった。

私は冷えた視線を男に送り、言った。

「……あんた、香水臭《くさ》いんだよ」

私がそう言い放つと、男は数秒黙った後に、ハッとしたように目を大きく開いた。

「あの質問……！」

寝苦しかった夜。

水を飲んだついでに、男に訊いた。「香水を使っているか？」と。

男は呑気《のんき》に、「そういうの疎《うと》くてさぁ」と答えた。

それだけで、疑うには十分だったのだ。

『スーツを着て帰ってくる』ということ以外に何一つ努力をしていないくせに、これでバレていないと思っているわきの甘さにも腹が立つ。

そして、私はお母さんの方へ視線をやった。

お母さんは、慌《あわ》てて私から目を逸らした。

……やっぱり、と、思う。

お母さんだって……とっくに気付いてたんじゃん。

「雑だよ。女の匂《にお》いぷんぷんさせながら家に帰ってくるなんて」

トドメを刺すように、そう言ってやる。

私からは軽蔑《けいべつ》の視線を、そしてお母さんからは温度感の読めない視線を向けられて、男はわなわなと震えながら椅子から立ち上がった。

「お前、大人を馬鹿にしてそんなに楽しいか」

ゆらゆらと横に揺れながら、私に向かって近づいてくる。

ぶわ、と全身に鳥肌が立った。

「馬鹿になんてしてない。ただ……」

震える声で言いながら後ずさる。

しかし次の瞬間、男は声を荒らげて、勢いよく私に詰め寄ってきた。

「つべこべ言うな！　ガキ！」

あっという間に、私の襟首《えりくび》を、男が摑んだ。

ヒュッ、と喉《のど》が鳴る。

男が右腕を振り上げるのが、なんだかとてもゆっくり、私の目に映った。

夕方の光景が、フラッシュバックする。

私をかばって、思い切り殴られたユヅ。

頬が真っ青に腫《は》れてしまったのに、ユヅは困ったように笑っていただけだった。

あんなになよなよしくて、簡単に折れてしまいそうな身体をしているのに……私を守ってくれた。やっぱり男の子なのだと、思った。

ここには、ユヅはいない。

また殴られてしまったら、ユヅが私のことを守ってくれた意味も、なくなってしまう。

私が顔を腫らして学校に行ったら、彼はきっと……泣きだしそうな顔をするに決まってる。

咄嗟《とっさ》に、叫んでいた。

「また殴ったら、警察呼ぶからッ!!」

警察、という単語で、男の動きがぴたりと止まった。

「はっ……警察……？　呼んでみろよ。ガキが大人を脅《おど》そうとするんじゃねぇよ」

男は血走った目で私を睨《にら》みつけてくる。一瞬緩《ゆる》まった拳が、もう一度強く握られた。

その瞬間、ガタッ、と大きな音がして。

それが、椅子が勢いよく引かれた音だと分かった瞬間に。

パンッ！

と乾いた音が部屋に響いた。

椅子から立ち上がったお母さんが、男の頬を平手打ちしたのだ。

お母さんは震えながら、男を睨みつけていた。

そして、静かに言う。

「……出ていって」

「へ？」

男は力が抜けたようにお母さんの方を見た。

母親は瞳に怒りを宿して、叫んだ。

「出ていってッ!!　警察!!　呼ぶわよッ!!」

男の身体がびくりと跳ねる。

そして、私の襟首を掴む力が抜けて、するりと解放された。

「なんだよ……なんだよクソ……」

男は震える声で、私とお母さんから、じりじりと距離を取った。

「この、年増が……散々抱いてやったのによ……お前なんか、俺がいなかったら一生……」

「いいから……出ていって」

お母さんが静かにそう言うと、男は奥歯を嚙み、ドスドスと足音を立て、バッグをひっ掴んで、家を出ていった。

バタン！　とドアが閉まると、お母さんは緊張から解き放たれたように息を深く吸って、よろよろとリビングの椅子に座り直した。

「………ッ」

お母さんは、こらえていた涙を零し、顔を伏せる。

私は、おずおずと近寄った。

「お母さん……」

「……薫は、私に幸せになってほしくないの？」

母さんが鼻声でそう言った。

胸がちくりと痛んだ。

そんなわけない。

「そんな、違うよ……あたしは」

「じゃあ！　どうしてこんなことしたのッ！」

お母さんが叫んだ。顔には悲しみが浮かんでいる。その表情から、私を非難しているのが、ありありと分かった。

……なんで、こうなるんだろう。

お礼を言ってほしいとは思わない。気持ちが通じ合っていないと分かっていても、愛人が自分のもとから去っていったら、少しくらいは未練が残るとは思う。

でも、明らかにお母さんにタカっているだけの人を追い払って、どうしてそんな顔をされなきゃならないの？

どうしてそんな顔で泣くの？

ふつふつと大きな感情が湧き上がり始める。

そして、私は、攻撃的な言葉を吐き出した。

「…………自分のこと愛してない人と一緒にいて、楽しい？」

冷えた声で言うと、お母さんは傷付いたように目を見開いた。

そして、何度も首を横に振る。

「違う、あなたが知らないだけで、あの人は私のことを……」

「愛してないよ!!　なんで分からないの!!」

「あなたに何が分かるのよ!!」

分かってないのは、お母さんの方。

「セックスしてただけじゃん!!　いっつもいっつも、猿みたいにヤッてさ!!　それが愛されてるってことなの!?」

「ああ、そう。それが気に入らなくて、私への腹いせで……」

「違うッ!!!」

私は叫んだ。お母さんは驚いて言葉を失う。

叫んだものの、次の言葉が出なかった。あまりに、胸の中がぐちゃぐちゃだったから。

確かに、お母さんが知らない男とセックスしているのは、イヤだった。お母さんの『女』の部分を見せられるのは生理的にかなり厳しいものがあった。

でも、多分、私が悲しいのはそこじゃない。怒っているのも、そこじゃない。

何を、どう言ったら、お母さんに私の気持ちは伝わるのだろうか。

ふと、ユヅのことを思い出す。

ユヅは、私の胸の中にある、言葉にならない気持ちをくみ取ってくれた。そして、私の代わりに、言葉にしてくれた。

その優しさに私は……救われた。

私は今、怒っていて、同じくらい悲しくて……だけど。

それは私の言葉でしかない。

お母さんをずっと見てきた私が、その気持ちに寄り添って、その言葉を見つけてあげないといけないんだ。

胸の中でぐちゃぐちゃになった言葉の糸が、ほぐれていくのを感じた。

お母さんが寂しいことは、分かっている。寂しくて寂しくて、受け止めてくれる誰かが欲しいだけなんだって、分かってる。

……それでも、今のままではダメなのだということも、分かっていた。

「あたし、お母さんが愛してもらえない理由、分かるよ」

「……え？」

お母さんは力なく顔を上げて、私の目を見る。

私は、静かに、言った。

「お母さんが、誰も愛してないからだよ」

その言葉に、お母さんは目を見開いて、硬直した。

その目から、再び涙が流れる。

「お母さんが愛してたのは、お父さんのことだけ。今はその代わりを、ずっと探してる。だから、お母さんも、誰かの代わりにしかなれない」

「そんな、そんなこと……」

「あたし、ずっと見てたよ。お母さんのこと。お母さんがあたしのこと見てくれなくても、ずっと見てた。だって……」

冷静に、穏やかに、話したかった。

でも、言葉を続けるうちに、胸の奥から、ずっと抑えていた、熱い気持ちがこみ上げてくる。

あっという間に鼻声になる。

喉《のど》につっかえて、引っ込みそうになる言葉を、吐き出した。

「お母さんのこと、好きだもん……」

お母さんが、椅子から立ち上がるのが見えた。でも、その表情はよく見えない。

「薫……？」

ぼろぼろと涙が出ていた。カーディガンの袖《そで》で拭《ぬぐ》っても拭っても、溢《あふ》れてくる。

今日は、泣いてばかりだ。涸《か》れたと思っても、感情が昂《たかぶ》れば、涙が零れる。つくづく、人間の身体は不自由だと思った。

「一番にならなきゃダメ、ってずっと言ってたよね、お母さん。お父さんが離れていったから、そんなこと言うんでしょ、知ってるよ。でも……でも……」

私は震えながら、ついに、言った。

「…………あたしが……いるじゃん……ッ！」

お母さんは、変わってしまった。

お父さんがいた頃の穏やかな微笑みと、頭を撫でてくれる優しい手のことを、ずっと覚えている。

お父さんが去り、その穴を埋めるようにお母さんがとっかえひっかえ愛人を作るようになると、少しずつ、お母さんの心は私から離れていった。

それでも、幼かったころの優しいお母さんのことが、頭から離れなかった。

ずっと、お母さんが好きだった。幸せになってほしかった。

「あたしがいるだけじゃダメなの……？　あたしの一番はお母さんなのに……お母さんの一番は違うの……？」

言葉と涙が止まらない。

お母さんは戸惑《とまど》ったように私の前であたふたと足踏みをしていた。

「薫……私……」

「もうやめてよ。合コンも、出会い系サイトもやめてよ。ちゃんと、普通に生きて、普通に恋愛してよ。それで、ちゃんとお母さんのこと愛してくれる人と出会えたら、あたし、反対しないよ……」

「薫……！」

お母さんが、私をぎゅう、と抱きしめた。

はっ、と息が漏れる。

お母さんの身体は冷たくて、それなのに、抱きしめられるととても温かく感じた。

小さい頃は、いつもこうしてくれていた。

嗚咽《おえつ》が漏れる。

「ごめんなさい、薫、私……」

「寂しかったんだよね。私じゃ、その寂しさを埋めてあげられなかったんだよね。ごめんね……でも……お母さん……」

「私、あなたが何も言わないから……嫌われてるのかと思ってた……軽蔑されて、愛想尽かされてるんだと思ってて、だから……」

「嫌いじゃないよ……そんなわけないよ……ッ」

お母さんと抱き合って、わんわん泣いた。

ずっと、ずっと……言えなかった。

言葉にすれば、こんなに簡単なことだったのに。

私は、長年の想いをすべて吐き出すように……その禊《みそぎ》のように、涙が涸れ果てるまで、お母さんと抱き合って、泣き続けた。

久しぶりに、耳栓をせずに寝た。

翌日、いつものように、朝食を作ろうと自室を出る。

「…………？」

違和感があった。

すでに、何か食べ物らしい匂いがしているのだ。

私が慌てて階段を降りると、食卓の上に、朝食が並んでいた。

そして、落ち着かない様子で食卓につくお母さんの姿。

「あ、薫……おはよう」

「……おはよう」

私はおずおずと食卓に近づいた。

テーブルには、白米と、わかめだけが入った味噌汁。それから、ちょっと焦《こ》げたハムに、不格好な玉子焼きが置かれていた。

まじまじとそれらを見つめてから、お母さんの方を見る。

「……作ったの？」

「…………うん」

「何年ぶり？」

「もう……分からないわ」

お母さんが困ったように笑うのを見て、私もぎこちなく笑った。

食卓に座り、手を合わせる。

「いただきます」

「うん」

妙に緊張しながら、不格好な卵焼きを箸《はし》で取り、口に運んだ。

ゆっくりと咀嚼《そしゃく》する。

「……どう？」

お母さんがおそるおそる尋《たず》ねてくる。

表面はぱさぱさしていて、硬かった。味の付き方もまばらで、咀嚼を続けていると突然じゃり、と歯の間に異物感があり、後からじわりと過剰な塩気を感じる。

思わず顔をしかめて、首をぶんぶんと横に振った。

「……しょっぱすぎ。まずい」

私があまりに正直に言うと、お母さんはしゅんとした。

「………そう、そうよね」

肩を落としてしまうお母さん。

そんなお母さんを見て、少しだけ口元がほころんでしまう。

でも、本人に見られる前に、私は真顔を作り込んだ。

「もっと練習して……」

私は目を伏せて、言う。

「また、作ってよ」

私の言葉に、お母さんはみるみるうちに表情を明るくした。

「うん……！」

「ほら、食べよ」

「ええ。いただきます」

本当に何年ぶりかも分からない、二人の朝食。

……あまりにも普通で、あまりにも幸福な、時間だった。

11章

EP.11

YOU ARE MY REGRET...

A story of love and dialogue between a boy and a girl with regrets.

翌日、登校すると、教室の一番端、僕の後ろの席には、ちょこんと見慣れた女子生徒が座っていた。

声をかけると、彼女のくせっ毛が揺れた。

「……おはよう」

「……おはよ」

薫《かおる》は少し照れ臭《くさ》そうに返事をして、ちらりと僕を見た。それから、すぐに目を逸《そ》らす。

「良かった、毎日プリント届けに行かなくて済んで」

バッグを開けながらそう言うと、僕の椅子がガン！　と蹴られた。

こういうやりとりもなんだか懐《なつ》かしくて、思わずくすりと笑ってしまう。

そして、バッグから教科書を取り出すついでに……一通のよれよれの封筒を手に取った。

「……薫。これのことだけど」

薫の方を振り返り、封筒を彼女の机の上に置いた。

その表紙には雨で滲《にじ》んだ『退部届』という文字がある。

「まだ必要？」

僕が訊《き》くと、薫はしばらくその封筒を眺めた後に、ため息をついた。

そして、両手でそれを摑み、びりびりに破いた。

「こんなぐしゃぐしゃなの、出せるわけないでしょ」

薫がそう言うのを聞いて、僕は安心して、笑った。

「そっか。良かった」

「もしまた退部したくなったら直接平《ひら》センに渡すわ。ユヅに渡しても提出してくれないから」

「うん、そうして」

薫とこうして会話をするだけで、落ち着いた。

薫のいなかった数日間は、本当に息が詰まるような思いだったのだ。

……変わっていくものもある。でも、変わらないものもある。

またこうやって、薫と普通の会話をできるようになったことが、心の底から嬉しかった。

そんな余韻《よいん》を嚙み締めていると、廊下から、タッタッと軽快な足音が聞こえてくる。

顔を上げるよりも先に、誰が来たのか分かってしまった。

「結弦《ゆづる》、おはよ！」

「おはよう、藍衣《あい》」

いつものように、廊下に面した教室の窓から上半身を乗り出して、藍衣が笑顔を見せた。

そして、僕の後方へ視線を移動させて、「あ！」と大きな声を出す。

「薫ちゃんもおはよ！」

「……おはよ」

「元気？」

「まあ、そこそこ」

「ん～、元気ならよかった！」

会話になっているのかどうか怪《あや》しいところだったが、藍衣はニコニコしているし、薫もまんざらでもなさそうに毛先をいじっている。

なんだかこんなやりとりも懐かしい。

「ああ、そうだそうだ。あのさ……数Iの教科書持ってたりする？」

藍衣がポンと手を叩いてからそう言うので、僕は眉を寄せる。

「忘れたの？」

「いや、えーっと……」

藍衣はどこか言いづらそうに口ごもる。

「？」

藍衣のそういう様子は珍しく、僕は訝《いぶか》しく思って彼女を見つめた。

藍衣の視線が薫と僕の間で行ったり来たりしたのちに。

「なんというか……バッグごとびしょびしょになっちゃったからさ……」

と、言った。

その言葉に、僕は深く息を吸い込んだ。

そうだ。屋上で藍衣に送り出された時、僕は荷物を持っていなかったけれど、藍衣は帰り際《ぎわ》だったのでバッグを持ったままだった。

そしてそのまま傘を投げ捨て、僕と一緒に、雨に打たれていたのだ。

「………ごめん、僕のせいだね」

僕が言うと、藍衣はおもむろにかぶりを振った。

そして、言う。

「どっちかと言えば、薫ちゃんのせいかな」

藍衣のその言葉に、薫はぎょっとしたように眉を寄せた。しかしすぐに、何かを理解したように、すう、と鼻から息を吐いた。

「……藍衣、傘持ってるって言ってなかった？」

「持ってたけど……」

「なんで差さなかったわけ」

「結弦が濡れてたから、私もって思って……」

「もうちょっとお話ししてたいけど……予鈴鳴っちゃうから、またね！」

藍衣は薫から教科書を受け取り、律儀《りちぎ》にぺこりとお辞儀をした。

「分かった、ありがと！」

「じゃあ、はい。全部、貸す。放課後返して」

薫は頷いて、机の中から三冊の教科書を取り出した。

薫が訊くと、藍衣は「現代文と、ライティング？　かな？」と答える。

「今日の授業で、他に必要な教科書は？」

僕の言葉を遮《さえぎ》って、薫が言った。

「あたしが貸すよ」

「まあ、そういうことなら……もちろん、貸──」

僕は首の後ろをぽりぽりと掻いた。

藍衣は甘えるように僕にそう言う。そういう仕草も自然にやられるとドキドキしてしまって、
ですけど……」

「そう言われたらそうかも！　というわけだから……よれよれじゃない教科書を借りに来たん
薫がそう言うと、藍衣は「あ～！」と声を上げ、何故《なぜ》かとても嬉しそうに、頷《うなず》いた。

「じゃあ、あんたのせいじゃん」

藍衣は手をぶんぶんと振って、また小走りで自分の教室に戻っていく。

その背中を見届けてから……僕は薫の方を振り返り、細めた目で彼女を見た。

「……一限、現代文だけど？」

僕が言うと、薫はスンと鼻を鳴らす。

「いいよ、現代文なんてどうせノートだけ取っとけばそれなりに点数稼《かせ》げるんだから」

「教科書読め、って言われたらどうするの」

「ユヅのを一緒に見る」

「………………」

はっきりと言い放たれて、返す言葉を失った。

薫はそんな僕を見て、わざとらしくニヤリと笑う。

「同じクラスで、席が近いアドバンテージってやつを最大限活用してやろうと思って」

その言葉に、僕は少し困りながら、苦笑で返す。

「……教科書一緒に見たくらいでドキドキしたりしないよ」

「ユヅ、『単純接触効果』って知ってる？」

「……知ってるけど」

「つまりそういうこと」

薫は得意げに言って、カーディガンのポケットからスマートフォンを取り出して、ぽちぽちといじりだす。

僕は溜息をついて、自席の方へ向き直った。

変わらないこともある、と、そう思った。

でも、僕と薫の時間は、違う方向に動き出していた。

……やっぱり僕は、藍衣のことが好きだ、と思う。

ああして藍衣と少し会話をするだけで明るい気持ちになるし、少しでも長く彼女と一緒にいたいと思う。

その気持ちは、変わらない。

……それでも、薫の想いに対して誠実に向き合う必要があると思った。それが、薫との約束だから。

チャイムが鳴り、平和《ひらかず》が教室に入ってくる。

そして、教室の端の席を一瞥《いちべつ》して、「おっ」と声を上げた。

「今日は小田島《おだじま》もいるのか」

そう言ってから、僕の方をにんまりと口角を上げながら見る平和。

「王子様に連れ戻されてきたのかぁ？」

平和がそう言うのに、クラスの皆は頭の上に「?」マークを浮かべるばかりだったけれど、教卓の目の前に座る壮亮《そうすけ》だけは、僕の方へ視線をやってニマニマと笑っている。

僕がシッシッ、と手を振ると、壮亮は依然《いぜん》ニヤついたまま、前を向く。

ほ、と息を吐いて。

ようやく、落ち着いて授業を受けられる日々が戻ってきた、と、思った。

×　　×　　×

「ゆーづーる！」

昼休みになると、藍衣が廊下側の窓をガラリと開けて、僕を呼んだ。

午前の授業が終わってすぐに藍衣が僕のところへやってくるのは珍しく、僕はきょとんとしてしまう。

「お昼一緒に食べよ」

藍衣は無邪気にそう言った。

「ああ……今日は校舎探検はいいの？」

「それより、結弦とご飯食べたい」

藍衣は衒《てら》うことなくそう言って、それから、耳打ちするように僕に顔を近づけた。

「薫ちゃんのことも、解決したみたいだし」

藍衣がそう言うのに、僕は何とも答えなかった。

藍衣はにこりと笑って、言う。

「屋上で食べようよ。いい天気だし！　先に行ってるね」

藍衣は言うだけ言って、すたすたと廊下を歩いていった。

……突然のことで驚いたけれど。

藍衣の言う通り、薫のことも落ち着いたことだし、藍衣とゆったり昼休みを過ごすのも良いなぁと思う。

のんびりと、バッグから弁当を取り出した。

そして席を立とうとしたタイミングで、背中を、つん、とつつかれる。

「うん？」

振り向くと、薫が憮然《ぶぜん》とした表情で僕を見ていた。

「……藍衣に、話したの？」

薫の視線はじとっとしている。

「何を？」

「だから……あたしのこと、いろいろと……」

その『いろいろ』には、言葉通りたくさんの意味がこもっていると思ったが……。

僕は、かぶりを振った。

「なんにも」

「なんにも？」

「そう、なんにも。部活に来てなくて心配だと思ってる、ってことくらいは知ってたと思うけど……」

僕がそう答えると、薫は「ふーん」と、なんとも言えない相槌《あいづち》を打った。

……薫の言いたいことは分かる。

藍衣の様子を見ると、なんだか、『大体のことを把握しているんじゃないか』と思えてしまうことがある。僕だってそうだ。

藍衣には本当に「薫が心配」というようなことしか言っていないのに、藍衣は的確に僕の思い悩んでいることに寄り添った言葉をくれた。

さっきの藍衣からの耳打ちも、薫には聞こえていたのだろう。

僕が何かを言ったと思われても、無理もない。

薫は何かを考えるように、頭の横側の髪の毛先をくるくると弄《もてあそ》んでから。

「……藍衣には、何が見えてるんだろうね」

と、呟《つぶや》いた。

薫の言葉に、僕もゆっくりと息を吐き出すことしかできない。

長い付き合いだというのに……僕にも、それは不明だった。

「……分からない。神様みたいな子だから」

僕がそう答えると、薫は数秒きょとんと僕の顔を見つめたのちに、噴き出した。

「あたし、神様と戦うわけ？　たまったもんじゃないな」

薫はそう言って、席を立つ。

「購買行くわ」

「うん、行ってらっしゃい」

ひらひらと手を振りながら廊下を歩いていく薫の背中を見送ってから、僕も弁当を持って、屋上へと向かった。

EP.12

12章

YOU ARE MY REGRET...

A story of love and dialogue between a boy and a girl with regrets.

ドアを開け、屋上に出ると、あまりの陽気の良さに、目を細めてしまった。

空は快晴。「雲一つない空」という言葉がぴったりの天気だ。

「おー、浅田《あさだ》」

声をかけられて、額《ひたい》に庇《ひさし》を作るように手をかざすと、フェンスの脇に藍衣《あい》と名越《なごし》先輩が見えた。

名越先輩はゆるゆると手を振りながら、にんまりと片方の口角を上げる。

「小田島《おだじま》のケツ追っかけてたと思ったら、今度は別の女とランチとはねぇ」

先輩のその言葉に、僕は思い切り顔をしかめる。

人聞きが悪いにもほどがある。

名越先輩と話していると、なんだか僕も意地が悪くなるような気がした。

「二人きりになりたいヤツも来るのが屋上なんじゃなかったでしたっけ」

僕が数日前の先輩の台詞《せりふ》を引用して返すと、彼女は失笑した。

「もう、キミに言葉遊びで勝てないのは分かったって」

名越先輩がのんびりと僕の方へ歩いてくる。

そして、スッと僕の耳元へ口を寄せて、言った。

「小田島のヒーローになれたのかい？　ん？」

からかうような口調。

この人はいつもいつも僕を挑発してきているような気がする。

「……ヒーローなんかじゃなくて、ただの友達です」

僕が答えると、先輩はくすくすと笑う。

「つまらんことを言うねぇ、キミは」

「真面目《まじめ》に言ってるんです」

「それがつまらんと言ってるんです～」

先輩はおどけた様子で唇を尖《とが》らせる。

そして、僕を上から覗《のぞ》き込むようにした。

「んまぁ～でも、確かにキミは頑張ったよな。何回拒絶されても全身で体当たりしてさ」

先輩の目が柔らかく細められる。

そして、僕の頭の上に、彼女の両手が置かれた。

「え……？」

僕がぽかんとしている間に、名越先輩の口元がにんまりと緩《ゆる》まった。

「よーしよしよしよしよし」

それから、ぐしゃぐしゃぐしゃ、と両手で頭をもみくちゃにされる。

「な、なんですか!!」

「頭撫でてやってるんじゃん」

「髪の毛ぐちゃぐちゃにされてるだけですけど!?」

「リサゴロウ先生式頭撫でじゃぞ。よ〜〜しよしよしよし」

「や、やめ……やめろーッ!」

「あっはっはっは!!」

名越先輩はげらげらと笑って、僕の頭から手を離す。

自分で触らなくても分かるくらいに、髪の毛がぼさぼさになっていた。迷惑この上ない。

ちらりと藍衣の方に視線をやると、明らかに苦笑いを浮かべていた。

「……気が済みました?」

「お〜、大型犬飼いたくなったかも」

「………」

相変わらず本気なのか冗談なのか分からない返事をする名越先輩に呆《あき》れて、ため息を漏《も》らす。

ふと視線を動かすと、先輩の胸ポケットには……また、新しいカッターが入っていた。

僕はじっ、とそれを見つめて、言う。

「先輩、またカッター借りてもいいですか？」

先輩は呆れたように笑って、かぶりを振る。

「キミ、返さないじゃん。借りパクされるの分かってるヤツに貸さないって」

「じゃあ、買います。いくらですか？」

「一〇〇万円～」

先輩はへらへらと笑い、屋上のドアへと向かう。

「あれ、どこ行くんですか？」

「どこでもいいじゃん。二人きりになりたいんだろ～？　してあげようってんだから、感謝してくれよな」

名越先輩はそう言って、僕に下手《へた》くそなウィンクを飛ばす。

それから、スッと息を吸い込み、僕を見た。

「なあ、浅田」

「……はい？」

「言葉にならない気持ちがある……って言っただろ」

きゅ、と身体が緊張するのが分かった。

先輩は微笑んでいるが、その空気感はどこか冷たかったからだ。

「キミは確かに、その優しい言葉で以《もっ》て、誰かのそういう……言葉にならない気持ちを引き出すのが上手《うま》いんだろうさ。でも……」

先輩はスッと目を細めて、僕の瞳の奥まで射貫《いぬ》くように見つめた。

「本当に、心の底から、誰にも分かってほしくない人間がいるってことを、知っておいたほうがいいんじゃないのかな？　そういう人間の生活を、キミのその優し〜い言葉が、壊すってことを」

先輩の言葉を聞きながら、僕の脳内には一人のクラスメイトの姿が浮かんでいた。

「そんな風に……壮亮《そうすけ》のことも遠ざけたんですか」

僕が言うと、名越先輩の目がキッと細められた。

「あいつから……なんか聞いたの？」

先輩は鋭い目を僕に向けながら訊いた。かぶりを振って、返す。

スッと鼻を鳴らし、先輩は不気味に微笑んだ。

「なるほど、タバコ吸ってるか訊いてきたのは、あいつ絡《がら》みだったのか」

「……」

無言の僕を見て、それを肯定と受け取ったように先輩はひとり頷く。

「安藤《あんどう》とは何もないよ。何も、なかった。でも、そっか……あいつ、まだあたしのこと気にしてんだ」

そう言う彼女の声色は、あまりに平淡で、その中にある感情がまったく読み取れなかった。壮亮が藍衣以外のことで、あんな風に挙動不審になるのは初めて見た。絶対に、先輩との間に何かがあったのだと思う。

でも、彼女は本当に「何もなかった」と、あったとしても、些末《さまつ》なことだと言わんばかりの態度だった。

無言で先輩の横顔を見つめていると、スッと動いた彼女の視線と僕のそれが絡んだ。

「君は、本当に物語を想像するのが好きなんだな」

「……え？」

「すべての人に物語があって、その中で動く感情があって、それが尊いものだと思ってる」

先輩の目がゆっくりと細くなる。鋭い視線が、僕に刺さった。

心臓を直接摑まれたような気持ちになる。

「あたしに、物語なんてないよ」

彼女ははっきりと、そう言った。

そして、口元だけを綻《ほころ》ばせながら、冷え切った視線を僕に向ける。

「だから……もう、これ以上踏み込んでくるんじゃない」

先輩の言葉には、底知れない圧があり、僕は何も言えなかった。

口をぱくぱくと開くも、言葉が浮かんでこない。何を言っても、きっと彼女の心には届かない。そんな気がしてしまった。

数秒の沈黙の末、名越先輩はパン、と手を鳴らして、笑う。

「なんてね！」

不自然なほどに『いつもの調子』に戻った先輩は、ゆるやかな所作《しょさ》で屋上の出入り口へと向かった。そのままドアに手をかけて、言う。

「この前のカッター、次会った時には返せよ〜。あげたわけじゃないから」

それだけ言って、先輩はひらひらと手を振りながら、屋上から出ていった。

……本当に、心の読めない人だ。

誰にも分かってほしくない人の生活を……僕の言葉が破壊する。

先輩の言わんとしていることを、きっと理解できていないのに、彼女のその言葉には、得《え》も言われぬ恐怖を覚えてしまう。

そして、壮亮と名越先輩のことも……とにかく、分からないことだらけだった。

「結弦《ゆづる》！」

声をかけられて、ハッとする。

振り返ると、藍衣がなんとも言えない表情で僕を見ていた。

「あ、ごめん……話し込んじゃって」

「ううん、大丈夫。それより、こっち！」

藍衣が手招きするので、僕は頷《うなず》いて藍衣の傍《そば》へ寄った。

フェンスに寄りかかるようにして、二人並んで座る。

「……あの人、知り合い？」

そう訊《き》く藍衣は、笑顔を作ってはいるものの、なんだかぎこちない表情に見えた。

「うん。読書部の、幽霊部員」

「そうなんだ……」

藍衣は曖昧《あいまい》な温度感で頷いて、屋上のドアを見つめた。

今ここにいない名越先輩の背中を見つめているようでもあった。

「なんか……あの人、怖いね」

「……えっ？」

藍衣がそんなことを言うのを聞いたのは初めてだったので、僕は間抜けな声を上げてしまう。

藍衣もハッとしたように息を吸って、膝《ひざ》の上に置いていた弁当の包みをいそいそと広げだす。

「それより、ご飯食べよっか！」

「う、うん……！」

僕も頷いて、自分の弁当箱を開ける。

「いただきます」

「いただきまーす」

手を合わせて、思い思いに昼食を口に運んだ。

藍衣はおかずを食べるよりも先に白米をむんずと箸《はし》でつまんで、口に入れる。

明らかに口のサイズよりも大きい量を取ってしまっているのに、気にせずに口に押し込む様子はなんだか小動物みたいで、可愛かった。

そんな風に食べたものだから、口元にご飯粒がついてしまっている。

「藍衣、ついてる」

僕が米粒を指さすと、藍衣は「んっ!?」と声を上げ、一生懸命口の中のお米を咀嚼《そしゃく》した。

それから、「どこ〜?」と自分の顔を僕の方へ見せてくる。

手で触って確かめればいいのに……と思いつつ、僕は控えめに藍衣の口元に少しだけ指を近づけた。

「そこ」

藍衣が小鳥のように首を傾《かし》げる。

「えっ」

「取って？」

「だから、そこ」

「どこ～？」

思わず手を引っ込めてしまう。

さすがに口元の米粒を取るのは抵抗があった。もちろん、汚いとかそういう意味ではなく……ドキドキしてしまうからだ。

しかし、藍衣は僕の反応が気に食わなかったようで、「むっ」と口をへの字にした。それに合わせて米粒も「くいっ」と下に移動したので、思わず噴き出してしまう。

「なに～!?　なんで笑ったの!!」

「いや、お米が……ふふっ」

「早く取ってよぉ」

「わ、分かったよ……」

明らかに「取るまで許さん」という決意を感じたので、僕も観念しておそるおそる藍衣の口元に手を伸ばす。

人差し指でつん、と米粒を触り、指にくっつけた。

妙にドキドキして、手が震える。

「……ほらっ、取れたよ」

「んむっ」

「わぁ!?!?」

ノータイムで藍衣が僕の指先についた米粒を食べたので、奇声を上げてしまう。

指先に藍衣の柔らかい唇の感触が残っていて、急激に顔が赤くなるのが分かった。

「へへ、ありがと～」

「………藍衣」

「ドキドキした？」

「…………はぁ」

僕が何も答えずにため息をつくと、藍衣は鈴を転がしたようにけらけらと笑った。

もう、以前のように無邪気なだけの女の子ではない、と思い知らされる。

その無邪気さを持ったまま、直球で、アタックしてきている。

僕も、こんな風に好意を伝えられたら……と、思わないでもないけれど、少し想像してみるだけでも、到底無理だと思い直す。

それに、僕もこんなテンションで接してしまえば、僕たちはきっと勢いのままにまた交際を始めてしまう気がしている。

……屋上に来る前に、薫と話したことを思い出す。

僕は明確に、藍衣に惹《ひ》かれている。異性として、好きだと思う。

でも……僕はまだ、彼女のことをほとんど知らないんじゃないかとも、思うのだ。

ミステリアス、と言ってしまえば簡単だけれど、そんな単純な言葉で片付けて良いとは思えない深い精神性が、彼女にはあるような気がする。

それを知らぬまま、憧《あこが》れだけで近づいて……また失敗したくはなかった。

もっと時間をかけてお互いのことを知って、その上で……もう一度やり直したい。

そんなことを考えていると、いつの間にか、隣の藍衣は空を見上げていた。

つられて、空を見上げる。一切雲がないので、青色に吸い込まれるようだった。

「薫ちゃん、また学校来てくれて、良かったね」

ぽつり、と、藍衣が言った。

僕も、静かに頷く。

「……うん」

「部室にも、また来てくれるといいねぇ」

「そうだね」

藍衣の言葉は、空に向かって飛んでいく。

そして、空から降ってきた彼女の声に返すように、僕も頷く。

この穏やかなキャッチボールが、好きだった。

「結弦？」

「うん？」

藍衣が首を傾けて、僕の方へ顔を向ける。

僕も視線を返すと、藍衣は穏やかに目を細めて、言った。

「薫ちゃんに好きって言われた？」

「……えっ？」

僕が明らかに狼狽《ろうばい》するのを見て、藍衣はくすりと笑う。

「言われたんだ」

「いや、その……」

「良かった」

藍衣がぽつりとそう言うのを聞いて、僕は思わず目を丸くした。

「良かった……って、何が？」

僕がそのまま訊くと、藍衣はまた空を見上げる。

「薫ちゃん、苦しそうだったから」

藍衣は穏やかな表情で、言葉を続ける。

「気持ちを伝えられずに、いつか道を分かれて、伝えられなかったことを後悔するのって、本当に苦しいから……私はそれを知ってるから……」

藍衣はそう言って、僕の顔を見た。

「だから、薫ちゃんにも、後悔してほしくなかったの」

藍衣は目を瞑《つぶ》り、首を横に振る。

「でも、そういうの、私から言ったら……こう、もっと気を遣《つか》わせちゃうじゃん」

僕は、そんなことを告げる藍衣を、何も言えずに見つめていた。

やっぱり、藍衣は、自分よりもずっと、物事を深く深く、見つめているのだと分かった。

「結弦は、ちゃんと自分の心に従ってね」

藍衣が言った。

「……え?」

言葉の意味が分からず、僕は視線をきょろきょろと動かした。

「ど、どういうこと……?」

「だから……」

藍衣は言いながら、僕の手を握った。

藍衣の手は、やはり、温かい。

「ちゃんと、好きになった人と、付き合ってね、ってこと」

藍衣はぎゅ、と僕の手を握る力を強める。

上手く言葉が出なかった。

藍衣からそんなことを言われるとは想像だにしていなかったのだ。


『大好きだから、好きになって？』


彼女は、僕にそう言った。

それは、彼女の中の「必ず僕は自分を好きになってくれるだろう」という無邪気な自信から来ているのだと、勝手に思ってしまっていたけれど……。

藍衣は、僕が薫のことを好きになる可能性のことも、考えていたということなのだろうか。

「ね、約束ね」

藍衣は身体ごと僕の方へ向いて、両手で僕の右手を包み込んだ。

そして、祈るように、言った。

「結弦も、もう二度と……後悔しないで」

藍衣に言われて、僕は深く息を吸い込む。

……同じだ。

同じだと、分かった。

僕は、もう、誰のことでも後悔したくない。

藍衣のことでも……薫のことでも。

そして、藍衣もきっと、同じだ。

僕が後悔を抱《かか》えながら藍衣と一緒にいれば、きっと……藍衣も後悔を抱えることになってしまう。

僕たちはもう語り合い始めてしまったのだから……最後まで、心の言葉を、伝え続けなければいけないのだ。

静かに、頷く。

「うん。分かってる」

僕が頷くのを見て、藍衣は満足げに微笑んだ。

そして、自分の弁当箱から、綺麗なレモン色の玉子焼きを箸でつまむ。そのまま、僕の前に差し出した。

「はい、結弦」

「え？」

「あ～ん」

硬直する僕に、藍衣は膨《ふく》れ面《つら》を作り、もう一度ずい、と玉子焼きを差し出した。

「あ～～ん！」

「あ、うん。あーん……」

「ふふ、美味《おい》しい？」

「あ、甘い……」

「甘いの嫌い？」

「嫌いじゃないけど……」

「しょっぱい方が好き？」

「う、うん……好みで言えば……」

「そっか、じゃあ次はしょっぱいの作ってくる！」

そんなやりとりをしながら、僕の心臓はまたドキドキと高鳴っていた。

中学の頃、藍衣と別れて……また、こんなふうな日常を過ごすことになるとは思ってもみなかった。

「さっきはああ言ったけど」

藍衣はニコニコと笑いながら、口ずさむように、言った。

「私のこと、好きになってね」

藍衣の言葉は、いつだってまっすぐだった。

僕は照れ笑いを浮かべながら、鼻の頭を掻く。

「あの話の後にそんなこと言われて、どう答えたらいいんだよ……」

苦笑する僕を見て、藍衣ははじけるように笑った。

藍衣が隣にいる生活。

そして、部室に薫がいる生活。

その両方が、今では僕にとって『当たり前』のものになっていると、実感した。

そして、いつかは、どちらかを選ぶ時が来る。

そんなことを考えると、少しだけ、胸が締め付けられるような気持ちになった。

甘やかな日常の中に、一抹《いちまつ》の痛みが混ざる。

これが恋なのか……と、思った。

〔エピローグ〕

EPILOGUE

YOU ARE MY REGRET...

A story of love and dialogue between a boy and a girl with regrets.

「暑……」

部室のエアコンを睨《にら》みつけながら、ソファに座る薫《かおる》が言った。

文庫本から目を離し、彼女と同じくエアコンに視線を向ける。

「今年は特に効きが悪い気がする。替えてくれたらいいんだけどね」

僕が言うと、薫はスンと鼻を鳴らす。

「まともに活動してる部員が一人しかいないとこの部室だし。直してもらえるわけない」

薫はそう言って、バッグから赤色の下敷きを取り出して、ぱたぱたと自分を扇《あお》いだ。

前かがみになりながらそんなことをするものだから、開いた第二ボタンのあたりがばさばさと揺れて、薫の胸元がこちらに見えている。

僕がスッと視線を逸《そ》らし、また文庫本に目を落とそうとすると。

「ユヅ」

薫に声をかけられる。

視線を戻すと、薫はにんまりと笑って僕を見ていた。

「……見たでしょ」

その問いに、僕の視線は自然と泳いだ。視線が動いてしまった瞬間に、しまった、と思うけれど、もう遅い。

「見たんだ」

「いや、だから……」

「やらしー」

「そんなこと言うなら第二ボタン留めなって！」

「やだよ、暑いもん」

「みんな暑くても留めてるよ。名越《なごし》先輩ですら留めてる」

「うわ、先輩の胸元もチェックしてんの。キモ」

「してない!!!」

僕が大声を上げると、薫は可笑《おか》しそうに口を開けて笑った。

……からかわれている。

釈然としない思いを抱《かか》えつつも、この手の言い合いでムキになるとやけどしかしないのは分かっている。

薫はソファにだらんともたれかかって、下敷きを動かし続ける。

「はー、笑ったらもっと暑くなったし。どうしてくれんの」

「今のに限っては確実に薫が悪い」

「んふふ」

笑って済ませやがった。

まったく謝る気はなさそうだったけれど、僕も意地でも謝らせたいというわけでもないので、もう放っておく。

プラスチックの下敷きがうねるミョンミョンという独特な音がしばらく聞こえていた。

「…………そういえば」

暑がる薫の様子から、ふと、思うことがあった。

「最近、ラーメン食べてないね」

僕が言うと、薫はきょとんとした様子でこちらを見た。

薫がまた部室に顔を出すようになってから、すでに一週間以上が経《た》っている。

しかし思えば、その間、一度も彼女が部室でカップ麺を啜《すす》るシーンを見たことがなかった。

「あー」

薫が気の抜けた声を漏《も》らして、僕から目を逸らす。

それから、少し気恥ずかしそうに、言った。

「家帰ったら……ご飯食べれるし。もういらないかなって」

薫がそう言うのを聞いて、僕は、胸のあたりが温かくなるのを感じた。

少しずつ口角が上がる。

「そっか……そっか、そっか」

僕が間抜けに何度も頷《うなず》くのを見て、薫はこちらを睨みつける。

「なんだし」

「いや、なんでも。……良かった」

僕がそれだけ言うと、薫は少し恥ずかしそうにスン、と鼻を鳴らす。

薫の家庭も、少しずつ、変わっていっているということなのだろうと思った。

それ以上、何も訊《き》く必要はない。

もし薫が話したければ、きっと、いつか話してくれるだろう。

「たのもー！」

ガラッ！　と部室のドアが勢いよく開いた。

もちろん、藍衣《あい》だ。

こんなに騒々しくここを訪ねてくるのは彼女しかいない。

ずんずんと部室に入り、薫に何を訊くでもなく、彼女の隣にぼすんと腰掛ける藍衣。

「やー、今日暑いねぇ」

そう言ってニコニコと笑う藍衣は前髪がぺったりと額《ひたい》にくっつくほどに汗をかいていた。

「汗すご。拭《ふ》きなよ」

隣に座る藍衣からじり、と距離を取りながら薫が言う。

「いや～、今日に限ってタオルを忘れちゃってさぁ」

「にしたって汗かきすぎじゃない？」

「陸上部のインターバルトレーニングに交ざってたの」

「はぁ……？　なんで」

「え～？　暑い日に走るの楽しそうだったから！　交ざっていいですか～？　って訊いたらいいよ～！　って」

「公園で遊ぶ小学生じゃないんだから……」

薫は心底呆《あき》れた様子でそう言いながら、バッグからタオルを取り出して、藍衣に渡す。

「え、いいの？」

「いいよ。洗って返してね」

「えー！　私の汗、臭《くさ》いかな……」

「そういう問題じゃないんだって」

顔をしかめる薫に、いつも通り、楽しそうに笑う藍衣。

もう、藍衣が何の前触れもなしに部室にやってきても、薫が何か言うことはなかった。

それどころか、僕のことをほっといて二人で話していることが多い。

もはや薫にとっても、藍衣にとっても、お互いがいる生活が当たり前になっているということなのだと思う。

それは、僕にとっても、嬉しいことだった。

「シャツ張り付いてんじゃん……」

「汗かいたからしょうがないよ」

「にしたって限度があんのよ。透けちゃってるし」

「肌着着てるから大丈夫だもん」

「肌着透けて見えるだけだって男子はやらしい目向けてくるんだよ」

薫と藍衣の会話が怪《あや》しい方向に進んでいくのを感じて、僕はさりげなく、二人が視界に入らないように体の位置を調整した。

「ほら、ユヅももじもじしだしたし」

「結弦《ゆづる》にならみられてもいいよ？」

「そういう問題じゃないの！」

藍衣を前にすると、薫は保護者のようだった。

これ以上女子同士の会話を聞いているのはなんだかむず痒《がゆ》くなり、僕は努めて、文庫本の内容に意識を集中させた。

放課後の喧騒《けんそう》、じめじめとした部室。蟬《せみ》の声。

エアコンが冷気を吐き出す音。ページをぺらりとめくる音。

そして、大切な友達たちが、楽しそうにはしゃぐ声。

一つずつ、僕の生活の中に混ざるリズムが増えていく。

本の中で閉じていた世界が、開いていくような気がした。

ただただ心の中に蓄え続けた『言葉』が、誰かのそれと繫がり、広がっていく。

少しずつ、少しずつ……。

僕は、自分の『言葉』を手に入れていく。

そうやって、いつかは、後悔のない対話ができるようになっていくのだろうか。

受け取った気持ちを、素直な言葉で、返せるようになっていくのだろうか……。

前よりも賑《にぎ》やかで、そしてちょっと暑苦しい部室の中で、これからのことを……少し浮き足立ちながら、考える。

大雨を繰り返す季節が過ぎ、本格的に、夏が始まろうとしていた。

あとがき

はじめまして。しめさばと申します。

細々とネットで物書きをしていたものです。きみリグも2巻目となり、本当に素敵なチームでお仕事をさせていただいているなぁと感謝する日々です。

さて、1巻同様突然ですが、ウォーターサーバーの話をします。

実は最近引っ越しをしまして、それに伴い自室にウォーターサーバーを設置しました。

これが便利のなんの……！

というのも、私は一般的な人に比べて――所感なので詳しい数値に基づいた発言ではありません――たくさん水を飲みます。大体一日平均3リットルくらいですかね。

今回は一戸建ての賃貸に引っ越したこともあり、自室は二階、そして水道水の出るリビングは一階となり、いちいち自分の飲み水をリビングに取りに行くのが大変面倒くさいのです。ですから、もういっそ部屋に水の出る装置を置いてしまおう！　と思ったわけです。

皆さん知ってましたか。最近のウォーターサーバーは、お湯が出るんですよ！　一応安全のために普通の水を出すより面倒な操作が必要になりますが、それにしても、お湯を沸かして注ぐよりは全然手間もなくお湯が出ます。

いつでもお水が飲めるというのも便利なのですが、この『お湯が出る』という機能が本当に便利で、最近ティーバッグの紅茶やハーブティーを飲む頻度がたいへん増えました。

そしてトイレが近くなり、一階にあるトイレと自室を頻繁に往復しているわけですが……あれ、こうなると飲み水をリビングに取りに行くのと大差ないのでは……？

………とにかく、便利です。

普通に水道水を飲むよりは圧倒的に割高ですが、お水をたくさん飲む人にとっては、便利かつ案外安価なので、もしこのあとがきを読んで興味を持った方がいらっしゃったら、是非調べてみてください。

それと、関係あるようでない話ですが、お茶やコーヒーを飲んで水分補給をした気になっていても、実はそこから水分だけを取り出すために身体の水分を使ってしまうそうなので、あまり水分補給としての効果はないそうです。

普段からお茶やコーヒーなどをたくさん飲まれる方は、是非お水もちょくちょく飲んであげてくださいね。

さて、ここからは謝辞となります。

まず、今回も引き続きヤバいスケジュールになってしまったのを、笑顔で対応してくださった梶原編集、ありがとうございました。いつも助けられてばかりです。イラストレーターさんとのやりとりも丁寧にやってくださり、いつも感謝しています。

次に、大変お忙しく、かつ体調を崩されている中——本当に、ご自愛ください——、今回も素敵なイラストを仕上げてくださったしぐれういさん、本当にありがとうございました。カバーラフが届いた時は、梶原さんと二人で小躍りしたものです。一人一人のキャラクターを大切に描いてくださっているのが伝わってきて、本当に嬉しかった。小田島薫《おだじまかおる》も、しぐれさんのイラストでなければここまで圧倒的なヒロインにはならなかったと思っています。

そして、きっと私よりも真剣に本文を読んでくださったであろう校正さん——いつも細かいところまでご提案いただき、嬉しい気持ちです——と、その他この本の出版にかかわってくださったすべての方々に、心よりお礼を申し上げます。ありがとうございました。

最後に、この本を手に取ってくださった皆様、ありがとうございます。1巻に引き続き2巻も読んでいただけたこと自体を、とても幸せに思います。

また皆様と私の書いた物語が巡り合うことのできるようにと願いながら、あとがきを終わらせていただきます。

しめさば

この作品の感想をお寄せください。

あて先　〒101-8050　東京都千代田区一ツ橋2-5-10
集英社　ダッシュエックス文庫編集部　気付
しめさば先生　しぐれうい先生

ダッシュエックス文庫

君は僕の後悔《リグレット》2
しめさば

2021年11月30日　第1刷発行

★定価はカバーに表示してあります

発行者　瓶子吉久
発行所　株式会社　集英社
〒101−8050　東京都千代田区一ツ橋2−5−10
03(3230)6229(編集)
03(3230)6393(販売／書店専用) 03(3230)6080(読者係)
印刷所　大日本印刷株式会社
編集協力　梶原　亨

ISBN978-4-08-631442-8 C0193